中国散文 60 强

盘　点

石舒清 / 著

北京联合出版公司
Beijing United Publishing Co.,Ltd.

图书在版编目（CIP）数据

盘点 / 石舒清著. -- 北京 ：北京联合出版公司，
2024. 8. --（中国散文60强）. -- ISBN 978-7-5596
-7784-6

Ⅰ. Ⅰ267

中国国家版本馆CIP数据核字第2024Z8P470号

盘 点

作　　者：石舒清
出 品 人：赵红仕
出版监制：张晓冬
责任编辑：刘　恒
特约编辑：和庚方　张　颖
封面设计：立丰天

北京联合出版公司出版
（北京市西城区德外大街83号楼9层　100088）
三河市同力彩印有限公司印刷　新华书店经销
字数150千字　650毫米×920毫米　1/16　14印张
2024年8月第1版　2024年8月第1次印刷
ISBN 978-7-5596-7784-6
定价：65.00元

"中国散文60强"丛书

编委会

丛书总策划

    张　明　　著名出版人

编委主任

    邱华栋　　全国政协常委

            中国作家协会副主席、书记处书记

编　委

    叶　梅　　中国散文学会会长

    陆春祥　　中国散文学会副会长

    冯秋子　　中国作家协会原社联部副主任

    吴佳骏　　《红岩》编辑部主任

    张　英　　资深媒体人

    文　欢　　作家、资深编辑

中华散文的文脉与发展

——"中国散文 60 强"总序

邱华栋

中国是诗的国度，亦是散文的国度。

穿越千年时空，从明清至唐宋，再由魏晋南北朝至两汉先秦一路回溯，汉语言文学中的散文实乃根深叶茂，硕果累累。无论是"唐宋八大家"之雄文美文，还是骈俪多姿的辞赋，以及名垂史册的《史记》《左传》，均为中国文学史上的璀璨明珠。"散文"与"诗"一道，成为中国文学的"嫡系"。尽管，后来从西方引进嫁接技术所催生的"小说"，大有"喧宾夺主"之势，终究还得"认祖归宗"，血脉和基因是无法改变的。

在中国散文流变历程中，曾出现过两次鼎盛期。一次是被文学史家所公认的"先秦散文"时期。其时，伴随着春秋时期的思想解放，诸子蜂起，百家争鸣，一大批散文家以饱满的气血、驳杂的学识和破茧的精神，创造出了散文的繁荣和辉煌局面，对后世产生了极大的影响。

到了"五四"时期，中国散文迎来了第二次鼎盛期。白话文如劲风激浪，吹刮和涤荡着神州大地。沉睡的雄狮醒来了，偃卧的小草开始歌唱。许多学贯中西的进步文人，肩扛文化变革的大纛，冲锋陷阵，掀起了一波又一波的新文学浪潮。《新青年》上刊载的散文，犹如一束束亮光，不但给人以希望，还给人以力量。"五四"以来的散文作品，无论是观念和主题，还是形式和风格，都跟以往的散文迥然不同。最具代表性的，当属鲁迅先生的散文（包括杂文），其刚健、凌厉的文质，疗救了中国散文长久以来颓靡不振、钙质疏流的顽疾。此外，周作人、郁达夫、朱自清、萧红、沈从文等一大批作家的散文创作亦各具特色，呈一时之盛，影响深远。

时代的前行催生了文学的发展，然而文学与时代有时并不同步甚至充满了"张力场"。"五四"的个性解放虽然催生了一批个性鲜明的散文精品，但这样的生态并未持续多久，中国散文的波峰出现了向低谷滑行的趋势。有论者指出，"散文在 50 年代既是对解放区散文文体意识的放大，又是对五四散文文体精神的进一步偏离。这种放大和偏离表现在个体性情的抒发让位于时代共性或者时代精神的谱写，政治标准优先于艺术标准，批判性为歌颂性所取代等诸方面。"（董健、丁帆、王彬彬《中国当代文学史新稿》）1960 年代初，散文创作一度出现了活跃，"专业"从事散文创作的作家群凸显出来，刘白羽、杨朔、秦牧相继登场，迅速成为散文界的三位名家。但他们的作品后人评价褒贬不一，认为其中颂歌式的写法较为单向，这种模式化的写作，不但对散文的建设毫无益处，反而扼杀了散文的个性和神采。

"文革"十年，中国散文更是一片凋零和荒芜，乏善可陈。1970 年代末，一些历经浩劫的作家开始复血，解除思想枷锁，重新拿起笔来写作，中国散文才又凤凰涅槃，焕发生机。加之各种文学刊物纷纷复刊和创刊，以及大量西方文化读物的译介出版，更为这些饥渴、桎梏太久的散文作者提供了登台亮相的舞台和瞭望世界的窗口。

1980 年代初期，伴随改革开放的热潮，思想解放大旗招展，文化随之繁荣，诸多承续"五四"精神的作家以笔为旗，抒发胸中压抑既久之块垒，出现了一批抒情性质浓郁的散文，使得现代散文这块"百花园"芳菲争艳，蔚为大观。特别是 1980 年代中期，随着作家主体意识的不断强化，中国文学开始呈现出一个崭新局面，作家从"集体意识"中抽身而出，重新返回"个体"，注重对生活的体察和内在情感的表达。这一时期，散文的艺术性得以强化，文本的精神内涵和表现空间得以拓展。

进入 1990 年代，社会发展日新月异，城镇化进程锐不可当，文化领域亦呈多元格局。各种文学思潮相互碰撞，人文精神的讨论更是打开了作家们的创作思路。"大散文"概念的提出，引发了散文界对散文的内涵和外延的重新讨论和界定。风靡一时的"文化散文"热，成为文坛上一道靓丽的风景。"新散文""原散文""后散文""在场散文"等散文流派"你方唱罢我登场"，争奇斗艳，各领风骚。

及至二十世纪末，一批深具先锋意识和文体自觉的新锐作家，像一头公牛闯入瓷器店，使散文天地发生了激烈的碰撞和变化，形成一股新的散文潮流，提升了散文的审美品质和精神向度。

纵观 1978 年至 2023 年四十多年来，中华大地在"改开"的黄金时代中，社会生活奔涌激荡，各种思潮风起云涌，散文创作更是云蒸霞蔚、气象万千，涌现了众多成就斐然、风格各异的散文作家和具有思想深度、艺术上乘的散文作品。岁月的流水冲走了枯枝败叶和闲花野草，中流砥柱却巍然屹立。时间留住了新时代的散文经典，经典在时间的长河中绽放光芒。以沙里淘金的经典散文向"改开"的时代致敬，是我们不可推卸的责任和义务。

别看散文的门槛貌似很低，要真正写好，却实属不易。优质散文是有难度的写作，它不但需要作者的智识、胸襟、眼界、修养和气度格局；更需要写作者的态度、立场、慈悲、良知和批判勇气。遗憾的是，散文创作繁荣和光鲜的另一面，却是大量平庸甚至低劣之作的泛滥，不但败坏了读者的胃口，而且造成了物质和精神的极大浪费。散文作家层出不穷，散文作品汗牛充栋，可真正能让人记住的散文佳构却凤毛麟角。

散文要发展，文学要前行。发展和前行就要从平庸的樊篱中突围。在突围的过程中，散文作家不可太"聪明"，不可太世故，要永存对文学的敬畏之心。一言以蔽之，散文的尊严来自散文作家的尊严。也可以说，要想散文繁荣，首先需要有一批人格健全，品德高尚，铁肩担道义的散文作家。什么样的人写什么样的文章。特别是写散文，最容易看出一个作家的内在品质和境界涵养。一个人格不健全的人，哪怕他作文的技法再高妙，也很难写出撼人心魄、抚慰灵魂的散文来。作家精神品质的高低，直接决定其作品的精神向度。

为了散文写作的突围和发展，为了建设独具特质的当代散文，也是为了更好地从经典散文中汲取营养，我认为有必要正视和重申一些常识性的思考。高头讲章的理论是灰色的，常识之树却蕤葳常青。

一、作家的个体精神决定散文的优劣。常言道，散文易学而难攻。难在什么地方，不是难在技巧，而是难在作家个体精神的淬炼上。倘若作家的个体精神不够丰富，不够深刻，不够清澈，纵使他手里握着一支生花妙笔，也写不出令人称赞的散文。那么，如何才能做到个体精神的丰富性呢，这就要求作家时时刻刻不背离生活，要知人情冷暖，体察人间百态，关心民瘼，有忧患意识，不要做生存的旁观者。一个冷漠甚至冷酷的人，是不适合从事散文创作的。

二、真诚是确保散文品质的基石。散文创作跟作家的生存经验息息相关，可以说，真正优质的散文，无不牵连着作家的血肉和心性。作家的喜怒哀乐，悲欢离合，都或隐或显地暗含在他的作品中。假如在一篇散文作品中，读者既看不到作者的体温，又看不到作者的态度，那这篇作品或许就是失败的。说明这个作者在他的作品中"说谎"或"造假"，缺乏真诚之心。作家一旦失去真诚，为文必定矫揉造作，作品也必定会失去生命力。因此，真诚是散文的"生命线"，也是"底线"。

三、个性是促进散文生长的养料。人无个性便无趣，文无个性便平质。当下，每年都会诞生数以万计的散文篇章，但能够让人记住，且读后还想读的作品并不多，何故？概在于这些数量庞大的散文，无论题材，还是语感都千篇一律，像是从"模具"中生产出来的，缺乏辨识度。散文要发展，必须要求作家具有"个性意识"。"个性意识"不是标新立异，更不是哗众取宠，而是一种"创新意识"和"审美意识"。但凡在散文创作方面被公认的那些大家，都是"文体家"，他们以自觉的写作实践，开创了散文写作的新路径。不合流俗方能独步久远，推动散文的建设和繁荣。

当然，以上几点并非创作散文的圭臬，谁也没有资格去为散文"立法"。

散文是自由的创造，散文精神即自由精神。我之所以提出来，仅仅是希望引起散文同行们的重视和参考，共同为中国当代散文的发展尽力增光。

我们策划、编选"中国散文60强"（1978—2023）的初衷，旨在对新时期以来的中国散文创作作出梳理、评价和选择，试图精选出风格各异的代表性散文作家，以每位一部单行本的形式，呈现出中国新时期优质散文的大体样貌。此项目的发起人为资深出版人张明先生。多年来，他一直追求做高品位的纯文学书籍，也曾连续多年与中国散文学会、中国小说学会合作，出版年度《中国散文排行榜》和年度《中国小说排行榜》。2023年他策划出版了《中国小说100强》，反响不俗。身处喧嚣、纷杂的环境，能以如此情怀和心力来为文学做如此浩大的工程，不能不令人钦佩！

感谢张明先生邀请我和叶梅、冯秋子、陆春祥、吴佳骏、张英、文欢组成编委会，共同遴选出60位作家。我们在召开筹备会的时候，即将作品的思想性、艺术性、代表性以及影响力作为编选的基本原则。在确定入选作家名单时，我们认真商讨，反复研究，生怕因为各自的眼力、审美和趣味之别，造成遗珠之憾。好在我们的工作得到了作家们的积极回应和鼎力支持，惠风和畅，大地丰饶。

60位入选的作家，既有令人尊敬的文学大家，如孙犁、张中行、汪曾祺、史铁生、邵燕祥、流沙河、刘烨园、宗璞、贾平凹、韩少功、张炜、梁晓声、阿来、冯骥才等。这批散文大家的作品，文风质朴、清朗、刚健，充满了"智性"和"诗性"。无论他们是写怀人之作，还是针砭时弊，歌咏风物，都有着鲜明的文化立场和审美取向。他们或出入历史，借古观今；或提炼人生，洞明世事，输送给读者的都是难能可贵的"精神营养"。

也有被散文界公认的名家，如李敬泽、王充闾、马丽华、周涛、冯秋子、叶梅、筱敏、张锐锋、周晓枫、于坚、鲍尔吉·原野等。这些作家的散文作品，特色鲜明，风格独特，诚挚内敛，从内容到形式，都作出了各自的探索和尝试，为当代散文注入了活力。从他们的作品中，我们不但能够领略汉语之美，更可以借此反观生活与存在，寻找人之为人的价值和尊严。

还有散文界的中坚力量和青年才俊，如彭程、谢宗玉、江子、雷平阳、任林举、塞壬、沈念、傅菲、吴佳骏、周华诚等。从他们的作品中，我们见到的，不只是中国散文的文脉传承，更是自由精神的张扬。他们文心雅正，笔力锋锐，不跟风，不盲从，始终保持着独立的思索和判断，在各自所开辟的散文园地中精耕细作，以崭新的姿态参与和推动当代散文的变革。

其实，细心的读者不难发现，入选本丛书的老、中、青三代作家都有个共性，即他们均在以自己的作品审视心灵，心系苍生，弘扬真善美，鞭挞假恶丑，充满了正义感和人道主义精神。这自然与时下众多书写风花雪月，一己悲欢，充塞小情趣、小可爱的散文区别开来。正是因为有他们的存在，中国当代散文才呈现出一幅绚丽多姿的长卷。

需要说明的是，有些重要的散文家，如张承志、余秋雨、王小波、苇岸、刘亮程、李娟等人，由于版权或其他不可抗原因，未能将他们的作品收录进来，我们深以为憾。

我们还要感谢北京立丰天文化传播有限公司的资金支持，感谢北京联合出版公司的精心编校，他们慷慨和无私的义举，对于繁荣中国当代散文创作、对于赓续中华优秀散文文脉、对于中国新时期的文化积累，均具重大价值和意义，可谓善莫大焉。这套丛书的出版意义将同《中国小说100强》一样，旨在给读者以经典的指引，这既是一项重要的原创文学工程，同时也是助力推动全民阅读和研究传播文化的公益工程。

郁郁乎文哉，中国散文有幸！

是为序。

2024 年 5 月 12 日星期日

（作者为全国政协常委，中国作协副主席、书记处书记）

目 录
Contents

忆儿时

二益丹

二益丹是一种妇科药，大概是用来有助于妇女怀孕的。

我兄弟姊妹不多，一个弟弟，没了；一个妹妹，没了，就剩了我一个。

我还很小的时候，记得母亲吃过二益丹。母亲的二益丹搁在屋梁上，很低矮的屋子，说是屋梁，也只是稍粗一些的椽子而已。不知从什么时候起，出于什么心理，我偷吃了母亲的一粒二益丹，好吃，有糖的味道，还可以饱肚子。总之我是偷吃了母亲不少二益丹，集起来总有两三盒之多，母亲没有发现过吗？没有发现自己的二益丹不翼而飞，神秘地不见了吗？母亲一定怀疑过，一盒二益丹最少不下一两块钱，而那时候，根据父亲的记录，有一个月，我家的月开销是一块七，不知母亲怎样找寻过她的二益丹，只是我不知道罢了。母亲无论怎么怀疑，也怀疑不到我这里来。

觉得后怕，一种妇科药，一种帮助妇女生孩子的药，我吃了那么多，竟没吃出什么问题来，真是有赖造化的护佑了。

小时候没有什么好吃的，即使毒药好吃，也会偷吃的吧。我们那时候吃东西，吃好东西是不敢想的，能吃饱就可以了。现在吃饱早不是问题，好东西也可以尽着吃，却吃出一身的病来，不知什么药可以治。

我这一辈子，如果问哪一种药最为印象深刻，我的答案属不二之选，就是二益丹。

疤痕

还有一个后怕不已的事是，我差一点弄瞎了一个孩子的眼睛。

那时候受电影《少林寺》的影响，到处是嗨嗨哈哈的练武声，我对武术向来是感兴趣的，弄了一段两米长的弹簧，训练着缠树，村里一家人去新疆了，院子荒着。院里有一棵大榆树，我就到那院子里去，训练着弹簧缠树，在距离树十米开外的地方，把弹簧一圈一圈甩上力量，然后趁势投出，弹簧就带着一种细碎的金属的声音飞出去，在碰到树的一瞬像一条蟒蛇那样紧紧地把树缠住，缠那么一小会儿才会达到目的似的松开身子掉下来，有时候甚至会带落几片落叶。这实在是很享受的事情。树犹如此，想一想，要是用力甩出去把人缠住，会是怎样，当然没有胆大到这个程度，但我的弹簧缠树确实是练得有些门道了。

还练过飞刀。说不清从哪里得了一把刀子，就是一块生铁片锻打而成，厚而窄，大概有七八寸长，把在手里很有分量，除了尖端很锋利外，其他地方都没有开锋。我就用这把刀子和树过不去，站在十米开外是不可能的，最多是在两三米开外练习以刀投树，瞄几瞄，用力投出去，以刀稳稳地刺中树为达到目的，两个要求，一是刀子要击中树，一是要刀尖刺入树里，如果不是刀尖中树，而是刀的其他部分与树接触，是不能算成功的。我练习到五中三三中二的程度。刀子脱手而出，稳稳将树刺中，刀把儿兴奋地震颤个不已的瞬间，成就感是不可言说的。

　　就到了刺中那孩子的一天。我父亲那时候在村里任民办教师，那时候我应该上初中了，记得偶尔代父亲上上课什么的，我上课不像父亲那样上四十分钟五十分钟，我可能十分钟一刻钟就结束了，然后就是带着孩子们耍游戏，我练飞刀给孩子们看，校园里一棵老杏树我把它放过了，我把教室门当作了练刀的靶子，两扇老门，开一扇关一扇，我在那关着的门上练飞刀，在那扇已经布满了疤痕的门上又留下新的痕迹。在孩子们的欢呼声里觉得这真是很露脸的。还有两三个女学生，也挤在一边看着。在那样的时候，我和我的刀子一样，都是禁不住自己的兴奋的。而且当老师的好处是，你自管往出飞刀子就是了，把刀子从门上拔出交回来，包括失手后刀子掉在地上给你捡回来等等，都不劳你动手，都有人及时给你捡回来，及时交还到你手上。后来这捡刀子的就成了一个固定的人，好像这个也是需要争取的，而被他终于争取到了那样，大家也就不再争，认可了刀子只能由他来捡似的。他也投入在一种状态里，紧盯着我的一举一动。好使我们的这个游戏在他这里不要出任何差池，不要在他这里掉链子。是谁安排了他给我捡刀子的？是谁给我送来了这么好的搭档？这一切似乎都不劳多问，自然而然就那样了似的。但是就是这样一个自告奋勇的搭档，任劳任怨的搭档，不求回报的搭档，默默奉献的搭档，再也合适不过的搭档，我竟然把他伤着了，我当然不是有意伤他的，但是一次，在我的刀子飞出的一瞬，只见一条黑影堵枪眼那样出现在门前，于是就听见一声惊叫，我飞出的刀子没插在门上，而是中在了他的脸上，也许是他太专注了，算错了时间，没掌握住节奏，也许是他想做得更出色一些，在刀子插中门的一瞬，就拔出来还回我，总之他是快了一步，抢在刀子插中门之前出现在门那里，结果被刀子插中了。我眼前黑了一黑，纷乱的惊呼声让我眩晕。万幸！刀子插在了他右眼下半厘米的地方，刀子好像害怕了似的自己掉在地上，竟然还有人把刀子交回到我手上。后来的事情像做梦。他的一个哥哥骑自行车把他送到五华里外的县城去了。真是奇怪，我的印象里，这件事就这样了，他家的人也没有找过我麻烦。现在回头想，真是不可思议，这么大的事，怎么就没有理论理论呢？怎么悄无声息就放过了呢？人会忍耐到这个程度吗？会大度到这个程度吗？但事实就是这样的。每每想起，都是一份沉重的后怕和深深的歉疚。要是再往上半厘米……真是不敢想。

后来见到他，他也是年近半百的人了，显得老相，那个我小时候留给他的疤痕，还明显在他脸上的，像被什么在那里狠狠地咬过一口。我给他打招呼时，看着他脸上的疤痕，他好像并没有记起这个事来，都快四十年了。算起来他还是我的长辈，我得叫他姑舅爸。

小时看老

有这样两件事，可以反映我性格的某个方面：

一是，记得很小的时候，好像是刚刚记得事情的时候，我们的一个比较阔气的亲戚来我家里。那时候家里来亲戚总有一种节日的气氛，觉得新鲜，可以吃到好东西，比如有可能吃到小半碗鸡蛋面，这就算是过节日了，可以吃到鸡蛋面的日子，一年不会超过七次，也就是说，不多于一周。这次说的不是吃好东西的事，这次说的是，一个小事，不但留给我深刻印象，多少年后说起，父亲母亲都记着的，可见当时的印象是太深了。其实事情简单到不值一说，就是我的阔亲戚来了，一对夫妻，是公家人，干部，我们那时候对干部是仰视的，觉得我家和干部们没什么关系，但原来我家也有着干部亲戚的，干部亲戚拿给我家的礼物是挂面，记得后来家里做了挂面，物以稀为贵，爷爷给我们每人喂两口，给母亲也喂了。母亲到现在说着这个事，说真是太不好意思了，老公公喂着吃，竟然也就把嘴迎上去吃。现在想想真是不可能的事啊。但当时为了吃一口挂面也就顾不上那么多了。要说的是，亲戚夫妇俩坐在我家炕上，不知为什么，我不自在得很，无来由地觉得很害羞，竟至于背身坐着，不好意思转过来让亲戚看着。就有人让我转过来，背身坐着像什么样子。我是不转过来。觉得自己是转不过来，就这样背坐着吧，再如果勉强我就可能要哭的。总之纯粹是自己为难自己，纯粹是要把自己往死里为难，而妹妹则是大大方方坐着，还回答着阔亲戚的提问。妹妹的回答我听得清清楚楚，那些话我也并不是不会说，但是让妹妹说了，我只能心思复杂地听着而已。后来就发生了一件非常刺激我的事，就是妹妹回答了亲戚的问题后，亲戚给了妹妹两毛钱。亲戚夸妹妹的话，让我听来就如同是骂我的话，我一直背身坐着承受着这些。后来亲戚走时，家人都送出大门去，妹妹也去送了，亲戚的老婆还抱住妹妹，送亲戚的人里面没有我，也没人叫我一声，约我同去。我觉得这是我幼年期受伤害极重的一次，而且这种受伤害的根由全在我自己，我可以把自己逼死，而别人，包括我最亲的人，也许什么都不知道。他们可能说，这娃就那样的。他妹妹一个性格，他一个性格，最多这样说说。

这是一件印象深刻的事。

还有一个事是，大家去看了电影，已经回到了宿舍，那时候我已经上大学了，学校包电影，三十年过去了，那电影的名字我还记着，叫《午夜两点钟》，是一个侦破片恐怖片，其实比较于真正的恐怖片，那电影谈不上多恐怖的，但是我总记着电影里神秘不安的气氛。记得在影影绰绰的屋子里，墙上的挂钟令人心悸地走着，无论那长针走动的样子还是那一记一记走动的声音，都使我处在一种高度的警觉和惊惧状态，觉得自己好像是一只鸡蛋，被谁轻轻敲一下就会破开来，宿舍里八个室友，还在谈着这电影，表示看得过瘾，真刺激。这时候，同学许建国忽然走到我跟前，两手做出恐怖的样子，模仿电影里的样子来吓我，他没想到我是不经吓的，他差点吓坏了我，我猛地推了他一把，上床拉开被子就睡下了，眼睛不知是睁开着好还是闭上才好，怎么着好像都是电影里那些恐怖的镜头，挂钟里面的指针迈着大脚丫子横冲直撞，快踩到我的头上了。心跳的声音我自己都能听到。我后来得心脏病，和自己这样的容易敏感是有关系的。这么多年过去了，我还记着许建国兄吓过我一次，记得他吓唬我的动作，眼神，记得我让他始料不及地狠狠推了他一把。这都是我的软肋所在，使我受苦不少。依照辩证法原理，世上没有绝对好或者绝对坏的事情，我的软肋所在，使我受苦的同时，但愿也能多少给我一点益处吧，不然，这样自苦自地活一辈子，真是有些不值当了。

成绩单

小学阶段，我的学习还可以，在大队小学读到四年级第一学期，当民办教师的父亲托我的伯父帮忙，想让我去县城一小去读书。其实我村离县城比离大队还近的。但县城小学那时候大概门禁森严，不在城里的人无资格在县城学校读书吧，尤其县城第一小学。伯父答应帮忙，但学校里要测试一下，测试过关，即来读书，过不了关，哪里来哪里去。我在大队小学的学习是名列前茅的，在这里大概就不算什么了。大概伯父父亲他们都为我捏着一把汗。但我通过了测试，到县城一小上学了，记得母亲还特意做了一件白的确良衬衫让我穿了去上学。

考初中的时候，我遇到了一个比较烦恼的幸福，就是县城的两个重点中学我都考上了，一个是海中，就是海原县第一中学，是县上最好的学校，还有一个是回民中学，回民中学是新开设的，我那一届算是首届，当然没有海中那样有影响力，但是回民中学有福利，每月每个学生有 10 元钱的补助，那时候任民办教师的我父亲，月工资大概 30 元刚刚过。到底去哪个学校为好？最终还是去了发钱的学校，但海中也给了我录取通知书，看着那通知书觉得可惜，要是分身在两边都能上学就好了。后来我的一个女同学不知道怎么得知我手里有这样一个通知书，讨去了。不知上面写着我的名字，她讨去做什么。不知她讨去，最终用上了没有。那时候也没觉得这是坏规则不应该的事，还觉得是帮人忙呢。那女同学名叫石慧，圆脸，很洋气，后来我们没再见过面。

我在回民中学是住校，搁现在完全可以走读的，学校离我们村子最多五华里，但村里在县城上学的只我一个人也没有自行车（做梦也不敢想这个），还要上晚自习，于是就住校了，我住校大概一周，就搬去县城的二爷家住了，在二爷家一住就是七年。为什么没有住校呢，是因为一个脾性乖张的同学，竟然在我的褥子上撒了一泡尿，二爷来找那同学理论，结果一生气，干脆把我的铺盖卷儿捎回他家里去了。二爷二奶奶都是干部身份，容我在他家住七年，真是不容易，真是大恩大德。我还记得两个老人家帮我洗头的事，二爷给我头上撒洗衣粉（没洗头膏），二奶奶给我用汤瓶倒水。一晃多少年了。两个老人家的骨头都朽了吧。初中阶段，我交往了几个爱耍的朋友，就不太爱学习了，甚至不住在二爷家，跟了同学乱住，一次被二奶奶拦在街上，好一顿骂，说你这样子，我给你大你妈咋交代呢？那时候确实是有些厌学，爱武术，在学校后面的田地里翻跟头，翻得一身土了不好意思去教室里。还把一支钢笔换了电影票看电影，看的是《刘三姐》，入场晚了，只看了半场，不甘心，电影散场后没出去，趴在长椅下面，那时候不是一人一座，那时候是长椅子，等下一场电影开演时从下面爬出来再看，还是《刘三姐》。所以我对《刘三姐》印象是很深的，多年后忽然在电脑里听到《刘三姐》组曲，我差点落下泪来。

最怕的是学期结束时拿通家书回家给父亲看，我偷偷改过几次成绩，比如我的地理就曾经考过4分，真是少得寒碜，我在4前面加了个6字，这是比较麻烦的事，因为开学时通家书还要带回来，还要带着家长的意见，我偷偷改过哄父亲的成绩还得改回来，这是很麻烦的，要改回没有痕迹根本不可能，只要有一点点痕迹就能看出是什么意思，是何用心。真不是人能干得了的事，所以好几次放假，我都带着成绩单通家书悄悄去亲戚家了，躲得一时是一时。去得最多的是二姑家，二姑家离得较远，家里的生活还好，但有一次让我觉得二姑家原来也不是好去处，要是寒假倒罢了，至多是帮二姑家去河里挑挑水而已，要是暑假去二姑家，正撞上二姑家收麦子，可就惨了，我就撞上过两回，一次是咬牙忍耐过去了，另一次就觉得实在是忍不下去了，二姑家的地太多，还远，半夜里就喊醒来往麦地里走，正晌午了，烈日当顶，还不休息，还拔，麦土和着汗水，咬得人好像得了皮肤病，好像周身都溃烂了，虽然有西瓜吃，虽然有糖茶喝，虽然有花卷大馒头吃，但是，受不了了，一天拔麦回家，吃过饭，我就有预谋地写了一封信，搁在地桌上，然后我就不见了，我星夜回家去了，二姑父也是半个知识分子，是大队的兽医，爱写毛笔字，爱读古书，后来屡屡提及我那封信，说写得还算不错，但"请姑父娘娘不要勿念"一句，讲不通，或者是"不要惦念"，或者就是"勿念"就可以了，"不要勿念"怎么讲呢？经二姑父这样一说，这样的字句错误，我是不会再犯的了。

小姑

老家有一句话："来时有倒顺，去时无倒顺"，说的是生死问题，就是说，人来到这个世界上时，是有个长幼顺序的，去的时候则未必，白发人送黑发人，说的就是这个意思。

我三个姑姑，相对而言，小姑姑性格是最开朗的，身体也还好，却是最先走的。记得那一次见小姑，是在二姑家里，二姑家为二姑父去世三周年做纪念活动，我们都去了。我们一家告别时，三个姑姑走下二姑家门外的小坡送我们，我让老婆把小姑的微信加上，老婆说还是我自己加上的好，就这样说着离开了。不到半年，小姑就去世了。小姑脑溢血，说是溢血程度到了百分之七十五，这是专业术语，不大懂，但应该是很严重的。小姑父打电话给住在银川的我父亲，问是否必要手术，父亲让小姑父自己决定。就在老家的医院给小姑做了开颅手术。当时正是疫情严重期间，管控很严，父亲都没能去医院看看小姑，只是在电话上问着信息。小姑去世后都议论说，早知如此，不手术了啊，白受那些疼痛。这是说说而已的话，时间回到当时，也还是要动手术的，万一手术后好了呢？

小姑去世前半个月，疫情已得缓解，那时候小姑已从医院回到家里，我和老婆去看了看小姑，小姑躺在炕上一动不动，眼睛睁着，一副认人却已经认不出来的样子。小姑有个很能干的儿媳伺候着小姑，我曾拿小姑的这个儿媳，写过小说《表弟》，后来改编成电影《红花绿叶》。然而久病床前无孝子，几个月下来，小姑这个能干的儿媳已经难掩疲累样子了。但小姑已经不吃不喝，还能耽延多久呢？

关于小姑，我印象最深的一个事情是，在我还很小的时候，夜里，小姑和叔叔来到伙房，哄我跟他们去睡（小姑生于1962年，长我7岁）。我和父母亲住在伙房。诱惑我的法子是，在筷子头上插一个土豆，哄说是苹果，这样我就跟他们去睡，小姑背着我，叔叔耍拨浪鼓那样把插着土豆的筷子转动着。

还有就是我生病了，村里有一个女赤脚医生，性格非常好，但是她家住得太远，记得小姑背着我去赤脚医生家里打针，来来去去背了有一周左右。累了小姑会把我搁在路边的矮墙上缓缓，然后让我搂紧着她的脖子，背了继续走。

一次父母亲去亲戚家了，两三天才能回，我和小姑叔叔夜里做一个游戏，忽然我的五分钱硬币找不到了，我哭得屋顶都要掉下来。急得小姑到处找，把自己的口袋都翻到了外面。后来是在炕席缝里找到了，烫烫的不好拿。我就允许小姑先给我拿着。小姑就用它做出抓子儿的样子，高高地抛上去，眼睛一路跟紧着，看它高上去落下来，飘飘地落在自己的手里。这样一个单纯的游戏可以玩很久。实际因为硬币较轻的缘故，玩这样的游戏是需要技术和耐心的。

扁豆花落了，扁豆开始结实灌浆。等扁豆可以吃的时候，小姑和几个姑娘去扁豆地里，用篦子把扁豆篦下来，搁在铲草的铲子上烤熟了吃。我吃得一嘴黑，口袋里也装了不少。装上回去给你爸吃，小姑说，意思是给我小叔吃。我没有这个打算的，不高兴地应承着。小叔大我5岁，有时候小叔是我的保护者，但更多的时候，在一点吃食或一个现在看来不足一道的玩具方面，我们是矛盾尖锐的竞争者。

小姑出嫁的时候，我在大队小学上学，去学校是要经过小姑出嫁的那个村子的，那村子有一个很好听的名字，叫水淌清。送亲的人里其实没安排我，但是我借着路过的方便不告而至。记得最大的收获是装了一书包小馒头，哪里见过这么多馒头？还都是细面的。记得我把白馒头在课桌里装满了一抽屉，整个班里都轰动了。我是发了大财的感觉，课间休息也不出门去，守紧着我的抽屉。一个有自行车的同学和我商量做一笔交易，我给他两个白面馒头，他用自行车带着我在校园里转几圈。等等等等。白面馒头在那时候带来的满足感和吸引力是难以言喻的。所以关于小姑的结婚，我是记得格外清楚的。

小姑家离我家不远，如果下雪天上房扫雪，互相间都能看到的。然而我因为上学等故，很少去小姑家。也是出于小姑常来我家的原因吧，长兄如父，她会不时来看看我父亲的。能见着面，就不必特意再去看小姑。小姑父是一个能干又寡言的人，在某处开车当司机，月工资当时两千元，据说小姑父一分不花，如数交给小姑，小姑用小姑父的工资把家里打理得米面余裕井井有条。母亲许多次说稀罕那样说到过小姑的数钱。说小姑父回家来，趁着给小姑父收整衣服的机会，小姑把小姑父每一个口袋里的钱都掏出来，然后大钱整成大钱，小钱整成小钱，这些都由小姑做主，怎么花这些钱都由小姑做主。按母亲的说法，小姑父和小姑是你挣我花的关系，一个能挣，一个会花，言语间有着许多的羡慕。

小姑来我家时，给我的印象，小姑对自己的生活是有信心的，也是极满足的。看小姑的样子，好像她的生活已经好到不能再好了，"还要咋样？这都好得很"，这是小姑的口头禅。

有一年家里过事，四姨来我家帮忙，累得够呛，于是我和老婆就提出来把四姨送回家去，那时候老婆刚买了车，对开车有着特别的兴趣，于是我们就去送四姨。四姨和我年龄相仿，出嫁二十多年，我从来没去过她家，那次去了，就有了许多感慨，有那么忙吗？骨肉亲戚，竟是多少年不登门看看。父亲知道我们去了四姨家，就心有不平。姨是母亲的妹妹，姑是父亲的妹妹，去了姨家，姑家没去，父亲即心有不平，说你二姑是有些远，你大姑小姑几步远的路程，你们也不去看看吗？大姑小姑都在水淌清，我的大姑小姑，姊妹俩嫁与了兄弟俩，大姑小姑家，只是隔着一堵墙。即遵了父亲的话去看大姑小姑。

去小姑家里时，发现小姑刚刚盖了新房，很气派，小地主的样子。小姑带着我们一间房一间房看过去。我由衷地为我的姑姑高兴着。小姑说，从头至尾，没请一个匠人，都是自个水一把泥一把盖下的。请匠人花钱呢，匠人请不起，我就给咱们当匠人，小姑拿出了她一贯的幽默说。小姑的幽默，不只在说辞，更在她的表情，那是一种难以言喻的得意与满足，好像挠痒痒被挠到了正舒服处那样。有那么一瞬，我甚至有些困惑，是什么竟让我的小姑满足到了如此程度？

谁能料到这惯常的花好月圆里，命运却突然出手，对着我毫无防备的小姑来了致命一击。

小姑去世那天，去上房里看过小姑白布下的遗容，我就出来在小院里转着。

这是小姑忙碌了几十年的小院，这是小姑吼喊着盖出来的新房，一窗一椽，一砖一瓦上，都有着小姑的手印和目光。

阳光和静，照着来来去去一身孝白的人影。生和死像一双筷子那样并列着。一边的果园里，梨花爆炸了一般盛开着，好像按捺不住，要喊出一声什么来。

但实际上一切都静静的虚虚的，连怒放了一树的梨花也听不到任何声音。

闲话儿女

田润润

田润润是我的女儿，已经读研究生了，但是看起来就像个中学生。她长着一张娃娃脸。这并非完全是一件好事。比如假期里女儿去打工什么的，就会因她这张娃娃脸而遭人起疑。

女儿性格是很倔的，她不愿意做的事，是没有办法勉强她的，尤其我们作为她的父母，简直是毫无办法。到后来搞到她的妈妈多少有些巴结她，而她又不领情。我有时候忍不住有些黯然地想，也许父母和儿女的关系，是一种很特殊的关系吧，就像一方面来巴结，一方面并不领情。

女儿两个月大的时候，由于我们工作忙，就被父母接去了。女儿是父母用牛奶喂大的。因此女儿和爷爷奶奶的感情很深。记得我们搬到银川后，女儿随来上学，一旦放假，她即刻就要回几百公里以外的老家去，而且一去就不愿回来，一直到明日报名，今天才赶回来，来了也是眼泪巴擦哭哭啼啼的，离不开老家，离不开爷爷奶奶。对我们两个，则是任何时候都可以离开的。老婆是一个心大的人，对这些并不在乎，我因为女儿毕竟恋我的父母，也觉得这是一个好事。还记得母亲一次脖子里动了手术，绷带还在，还在医嘱不可多动的时段内，女儿就让母亲抱她，那时候女儿也就两三岁吧，这怎么可以，端个饭碗都嫌重啊，我们用各种办法哄着女儿，但是没办法，小的要求抱，老的乐意抱，手术才三天的母亲抱着孙女儿，没什么打紧的样子，就只好任她们了。

家人在一起，有时候喜欢说起孩子们小时候的事，说起女儿，都习惯说起两件事情。一件是，女儿小时候爱哭，尤其夜里，我们累得眼睛都睁不开了，她却攒足了精神，一气一气地哭，她好像掐着秒表，我们刚睡下，刚要合眼，她就哭起来，是那种惹是生非的哭，决不罢休的哭，是那种眉毛被烧到了一般的哭，我和老婆都装睡觉，看谁忍不住先起来抱她，一抱，她的哭声就缓了些，甚至看着墙围布上的小花笑起来。也就因为受不了她夜里的哭闹，我们才把她一推了之，推给了我的父母。这是一个事，还有一个事是，我们已经搬到了银川，女儿也小学三年级左右了吧，已经变得灵慧而多心计，比如她想喝牛奶，又懒得去拿，于是就打我儿子的主意了，她喊一声她弟弟的名字，问他可否想喝牛奶，她弟弟是这样的人，不提牛奶时，一点问题也没有，一旦提及，那肯定是要喝了，而且一阵风那样跑到有牛奶的地方去，女儿好像把控着一个时间，等她的弟弟取牛奶时，她忽然想起了似的，让弟弟顺便给她也拿一瓶。这件事不但很好地反映了女儿的性格，也反映了儿子的性格。这么多年下来，在很多事情上，他们的性格都循着这一路径，让我们感慨不已。

女儿是一个好学生，在她的学习上，我们没有操过什么心，记得开家长会，我们是两样的心境和待遇，开女儿的家长会时，我们是座上宾，轮到儿子，我们就好像是阶下囚了，反正座上宾的感觉是丝毫也不会有了。

女儿大学自己考得不满意，但我们是满意的，她考上了西北大学化工制药专业，这都没什么，到考研，女儿完成了一个让大家都很称奇的事情，就是她忽然绕开大学本科专业，直接考日语研究生，而她从来没有正式学过日语的。可算是昏了头。不是昏了头是什么？一个很有名的学者，也是我的朋友，常去日本学术交流，他说日语对中国人而言，似是而非，反而难学，他预言女儿绝然考不上，建议我不要管（其实也管不了），让她碰一鼻子灰自会回来，我就心情复杂地等女儿碰一鼻子灰回来。长话短说，今年女儿要去日本学习一年了，她已经是中央民族大学日语系研二的学生了。

前不久女儿发了我一个红包，让我买几本自己喜欢的书，原来她读研同时，也还带学生，我心情异样，拿女儿发我的红包买书，我得珍重一些。

田同余

我的儿子叫田同余。女儿的名字一旦起定，就没有再变过。儿子的名字却是来来去去反复了几次。我当初征求了他爷爷的看法，给他起名田朴藏，希望他有田有藏，安安分分少忧少虑地过一生。后来他母亲嫌这个名字老气横秋，把一个孩子的锐气都叫没了，又改成田同宇，不久又觉得这名字太大，孩子当不起，即改为田童宇，叫了一段时间，感觉也不理想，就改成现在的田同余，这名字不错的，有田有余，还要怎样？觉得这是一个既切合实际又暗含些许理想的名字，就这样了吧。名者实之宾也，还得老老实实地下苦功做事情。对这个名字，我们都是满意的，但儿子本科毕业后，却忽然声言要改名，问为什么，也秘而不宣，可以，你的名字你做主，只要不起个怪不拉叽的名字就可以了。

儿子的最大的一个特点是，性格内向。对世事天然地存有一份不适应和抗拒。我们就有意地锻炼他。记得一次和朋友两家吃饭，朋友也有一儿子，和我儿子可称发小，我们暗暗合计了一下，就怂恿两个孩子去跟厨师讨几个大蒜来，主要的目的其实是训练孩子的勇气和交往能力。儿子一看发小跑了，也就随上去了，很快就返回来，手里都拿着大蒜，我儿子很少有这样的出击，一张小脸都兴奋得不成样子了，使我看着又欣慰又心疼，但实际情况是，儿子只顾着要蒜，但是拿回来的蒜却秕塌塌的没法吃，他的发小讨回来的蒜，就好像和他不是同一个地方讨回来的。可以了，先能大胆冲出去就可以了。

记得那时候我们还没有搬到银川来，偶尔来银川坐公交车，儿子兴味十足，该下车了，他还意犹未尽，抓牢着坐椅不愿意下来。

儿子是一个正直又心善的人，走起来的样子很像我父亲。还记得儿子生下来我回家报喜时，父亲正坐在炕上，在饭桌上写什么，当听说生下了一个儿子时，他写字的笔猛地抖了一下。

见过的人都讲，儿子长得比我帅多了。这是事实，当然我并不是一个理想的比照物。我们常常激励儿子说，长得还可以，不要浪费了，自己领一个媳妇回来吧。每当这时候，儿子都是不自在的样子。儿子不爱交朋友，形单影只，记得高中毕业的时候，一个女生给儿子写过一封试探口风的信。老婆简直能把那封信背下来，好像她自己的一份情书一样。不过也就止于此而已。银川某饭馆有一服务员，算我的老乡，聪慧伶俐，惹人喜爱，一天儿子去吃饭，小姑娘来给我们添茶，我即开玩笑说，给我当个儿媳妇吧，那姑娘如何且不说，儿子已经是一张大姑娘脸。但这句玩笑话说坏了，以后再去吃饭，那姑娘对我另眼相看，待遇不同，显然我的话孩子当真了。叫儿子再去那里吃饭时，儿子推拒着不去了。并告诫我说，有些玩笑话是不能说的。看他的样子，那女孩留给他的印象应该也是不差的。

儿子是比较内秀的人，记得他小时候喜欢画画，画得不错。可惜没能坚持下来。后来还写过一篇小说，虽有幼稚之处，但思路特别，善走偏道幽径，我大加鼓励，可惜他在这里虚晃了一下，也没有再写什么。我虽然备感遗憾，但觉得爱好一类，总是勉强不得。

老婆教子有术，竟训练得儿子做饭洗锅。家里洗锅洗得最干净最让人满意的，非儿子莫属。他还会炒菜做饭。一次老婆不在家几天，只我和父亲还有儿子，三个大男人在家，吃饭问题事关重大，如何解决，老婆的意思很明确，就让儿子给我们做饭。那是令人感觉异样的几天，那几天，是儿子给我和他的爷爷做饭。

眼下儿子已本科毕业，他的目标是考研，最好能考到外省去，至于要考什么专业，那是不让我们知道的。

宁夏艺术家速写

曾杏绯

近距离见到曾杏绯先生只有一次，年终时候，文联分组看望老艺术家，我跟随时任文联副主席冯敏去看望了曾老先生，觉得是自己的一份幸运。当时曾杏绯快一百岁了，但是看上去也就六七十岁的样子，头发梳得一丝不苟，颜容慈和，眼神静朗，给人一种常德不离，复归于婴儿的感觉。老人家虽不多言语，但那种面含笑意看你的样子让你觉得这也是一种交流，而且是一种更好的交流。据说老人家偶尔兴致好，还会和家人打打牌什么的。

在老人家里最多有二十分钟便告辞出来，但是感到有很多值得回味的东西绵绵不绝。好像真的被浸染被熏陶了一番那样。老人家归真的时候我也去送葬了，记得头戴白帽的张贤亮先生在老人遗骸边致哀的样子。

曾杏绯先生享年一百又三岁。先生主画牡丹，她笔下的牡丹富丽之余，也还有着一种他人笔下不多有的清逸和淡净，好像这牡丹虽是牡丹，但清静自足，不求众人来赏览那样。

寿高期颐，笔写花魁，总觉得在家里挂一幅曾老先生的牡丹图，吉祥合宜，是一个不错的选择和决定。

张贤亮

至少在宁夏的文艺界，缺了张贤亮先生，似乎是不可想象的。

其实就一个作家的创作量来讲，张贤亮先生写得并不算太多，就量而言，宁夏已经有不少中青年作家超过这个量了。但文艺从来就不是用量来比较来衡量的，孤篇压全唐，说的就是这个意思。王之涣传下来的诗只有六首，却是大家耳熟能详推崇备至的诗人。我在多年前有过一个说法，我说宁夏中青年作家加起来也不及一个张贤亮，现在我还是这样的看法。正因为有张贤亮的存在，使得宁夏文学至少在中国西部文学里，处在了一个使人不敢轻看难以忽略的位置。

我和张贤亮先生虽在同一个单位工作，但交往并不多。记得中央电视台某年搞了一个谈花儿的节目，影视城打电话给我，说张贤亮先生的意思，让我参与谈谈关于花儿，我因为口拙的原因没有答应。后来在影视城有一个什么活动，张贤亮先生得知我住在新市区边儿上，笑着说那是适合我住的地方，清静自在嘛。我经常想起鲁迅先生对中国知识界的影响，他谈谈《红楼梦》，红学专家从此就不能不重视他的观点；他谈到版画，直到现在，版画界还屡屡提及鲁迅对美术的独特眼光和特别贡献。我由此也想到张贤亮先生，读过张贤亮先生给胡正伟先生的画册写的序言，可能孤陋寡闻的缘故，就我的眼光看，那是宁夏范围内关于美术最好的序文。先生才大，因而孤独。我曾有一个设想，陆续列出一百个问题来，涉及方方面面，然后让张贤亮先生来答我所问，如此可成就一本问答集。许多作家，像莫言王蒙贾平凹等等，都有类似作品的，能想到做不到，如今只能说遗憾了。看到一些书就会想起张贤亮先生来，比如最近买到一本书，是陈忠实先生周年祭日之际，由人民文学出版社策划出版的一本纪念文集，收集了数十篇纪念陈忠实先生的文章。书出得很气派。读这书的时候，不能不一再想起张贤亮先生来，觉得张贤亮先生也应该有这样一本书的。就在数周前，我又开始重读八十年代以来的有影响的小说，老实讲，很多当时名声响亮的作品，于今再读，已给人明日黄花之感。同时我也读了张贤亮先生的短篇小说《肖尔布拉克》《初吻》《普贤寺》等，读得我激动起来，视野宏大，情感深沉，有着传世之作的品质。忍不住给好几个朋友推荐了。我说你如果读哪些小说有上当受骗感觉的话，就回头来再读读张贤亮吧。

张贤亮先生虽然离开了我们，但他的文学遗产将会长久地惠及宁夏，惠及宁夏一代又一代写作者。

马知遥

在一定程度上，马知遥先生已经像是我的一个亲人。相识快三十年了，我们大概一个月就能见一次吧。

关于马老师，我写过好几篇文章了，除去已经写过的，我想想我还能写马老师一些什么。

不知我这样说是否有所冒犯，我觉得马老师在年轻人里，是接受度最高最受欢迎的一个前辈艺术家。他虽然年过八旬，大我三十多岁，但是就心态和生存姿态而言，倒好像我是他的年龄，而他还不到我的年龄。多年来他就一再劝我有个更开放更进取的活法，我也听得入耳入心，但天性是不好变化的。记得有一年，朋友介绍一个维吾尔族姑娘来宁夏一游，我带姑娘爬了银川的西塔，在西塔顶上，借着从小窗里进来的阳光，那姑娘的美使我印象深刻，至今难忘。后来我带她去了马老师家，一老一小，相谈颇欢，我和姑娘就谈不出这个气氛的。从马老师家出来，姑娘说，她以后找对象，就找马老师这样的。我觉得姑娘说得真是对极了。

我口说我心——在世上有幸活到中年的人，都会清楚做到这一点多么不容易，近乎心灵鸡汤一类的矫情和说教了。但世上确实存在这样的人，我要举例，就举马老师了。童叟无欺，童言无忌，这样的话，好像在马老师身上多少可以得到一些验证。有时候也感慨，世事磨蹉，岁月轮替，就是石磨，也给磨得棱角不那么分明了，但是马老师，在很多方面还持守着天然未凿的一面，真不知他是怎么做到的。开会的时候，只要马老师发言，原本打盹瞌睡的人也会忽然间一惊醒，觉得可以听一点真话实话了。我就记得有一年宁夏文学评奖，原本几个评委都要把我评到一个好的等次，独有马老师要把我从好的等次里拉下来，说我日子还长，摆到太高的位置，容易忘乎所以。这话不是别人告诉我的，没人告诉我这样的话，说出这内幕的，不是别人，正是马老师。面对面把这话说给我，这就是马老师。也正因为这样吧，我们的师生关系虽历数十年之久却有始终之好。

马老师是作家，画家，篆刻家，如果细细数来，还可以安排一些头衔在他身上，比如他做饭钓鱼的功夫也是值得一讲的。作为作家，我觉得仅凭马老师的中篇小说《幺叔》，他就可以在中国少数民族作家里有一个醒目的不可替代的位置；作为画家，马老师在这一点上自己也不很客气地认为，在宁夏油画家里面，他是排在前面的。然而很让人痛心的是，上世纪六十年代从中央民族大学油画专业毕业的时候，马老师把自己的喝茶缸子都没有忘了带回来，但是他的老师（如今听来可都是一些名家大家）给他的画他却给人了，同宿舍的一个人有先见之明，和马老师讨要，要茶缸他可能不给，但是要画子，一要就要去了。这样的事情让人听起来恨得牙痒痒。

一天在街上看到马老师穿街而过，牛仔裤，夹克衫，身板笔直，步履矫健，斜挎着一个小包，那小包，比一本小开本的书大不了多少，不知道里面都装有一些什么，我指给朋友看，哪里看得出是一个过了八十岁的老人啊。

陈丹青说鲁迅先生是中国作家里最好看的人，要在宁夏作家里选最好看的人，我的票就毫不犹豫地投给马老师。

张少山

和张少山先生基本是开会的时候见面，就这样也见过许多次。只要看到，我都要趋前郑重地打个招呼，以表钦敬之意。少山先生的态度总是温善的，他看着你的目光，让你觉得寒冷的天气里多了一领围巾在脖子里似的。

在马知遥老师家见到张少山先生给马老师画的一幅肖像，从中可以看到马老师散淡真挚的一面，看到创作者对创作对象的深度了解以及借由创作表达的某种情愫。马老师本身就是画家，家里所藏的书画应该还有一些的，但这幅肖像画占据了一个醒目的位置后，就再也没有动过，好像无可替代似的，可见得这幅画在马老师心里的位置和分量。

我读写之余，雅好书画，宁夏书画家的作品陆续收了不少。老实说，也是很费银子的。其中收藏最多的，可能就是张少山先生的画作了。一次在文化城，在一家字画店看到少山先生一幅牧羊图，因为店家是熟悉的，我即抱了画就走，过后才去和他了结相关手续。作家韩银梅得知我喜欢张先生的画，就说她的闺密家里有一幅挂在客厅，我说你问问卖么，韩作家竟真的去问了。说不卖。不卖只好作罢，不可强买的。亲戚给了我一幅画，是宁夏另一画家画的，梅花图。我思谋半天，有了一个主意，这梅花图是四尺整张，我拿去西塔古玩城一字画店，以大换小，在女店家的手里换得张少山先生斗方一幅。从尺幅来说，少了一半，但是在我这里，我觉得我还是占了便宜的。记得许多年前，至少有十年了，在一个搞收藏的人家里，见到张少山先生给宁夏艺校一女孩作的肖像，青春洋溢，悦目爽心。就想收来存藏。为这幅画，我跑那家总有四五回。一天夜里，他的孩子做完作业都要休息了，我俩还在为这个事费口舌，他说画上的人他是认识的，他要把画送与那人，和她换个他需要的东西回来，而且已经说与她了。当然不能再说什么了。但是这幅画遇而未得，至今不能释然。

在一个姓龙的师傅手里，收到一些张少山先生的插图。上世纪八九十年代，宁夏的文学刊物上会有画家的插图，胡正伟先生任振江先生就为我的小说插过图。如此好的传统，后来竟舍弃了，究其原因，也许是画家行情见涨，请不起了吧。自己写小说的缘故，对小说插图有着特别的兴趣。除了张少山先生的插图，龙师傅还卖了若干无征的插图给我。无征者谁？不曾听过。龙师傅言之凿凿，说无征就是张少山，是张少山的笔名。这样我就有了一些署名无征的插图。虽则画风接近，不免心存疑窦。一次得着机会，和张少山先生坐在一起，正好趁便一问。得到的回答让我踏实，少山先生说，无征是他曾经用过的名字。

之后不久，在马知遥老师的画展上，见到前来捧场的张少山先生，他看到我，忽然想起来似的说，他还有一些插图，就送给我吧。好像一切他都替我想好了，他说他放在单位小贝那里，我便中一取就是了。我们夸他既儒雅又精神时，他欣慰地竖起一根手指来，说，差一岁就八十啦。

罗贵荣

1

有好几年，宁夏文联的专业创作者只有两人，我是专业作家，另有一个专业画家，就是罗贵荣。我俩的办公桌紧挨着，一落座就是交流深谈的样子。不负这样的安排，几年下来，我们成了很好的朋友。诗人杨梓用一种特别的说法形容我们，使我们受到激勉的同时，亦多惶恐。然而现在专业创作编制只我一人了，罗高就了，去了中国画院。无疑对一个书画家来说，这是再好不过的事情，但是我却因为习惯并依赖了的原因，在得到这个信息的一刻，即感到一种强烈的失落和不安，好像原属于我的一份福利，忽然间又没有了似的。

2

文学院的马星说是副院长，多年来在我和罗面前没有一次显露出副院长的样子，倒是鞍前马后为我们服务。见我和罗贵荣谈得投机，她就建议我们不妨搞个访谈，把闲聊的话都搁在访谈里。好建议。我们都郑重起来，以文字的形式来访谈，这样一来可以显得从容，主要的一个原因还在于我不擅言谈。以文字谈，则可避短扬长。一发而不可收，我俩连着做了两次访谈，还都比较长。看到的朋友多所鼓励，说这样的访谈要得，一个从文学看版画，一个从版画说文学，各据一点，隔墙看花。一番交流下来，会发现原来文学绘画，也只是形式不同而已，说到深处，其意趣其内涵其指归等等，都万流归海，大同一致。访谈中我们的主要侧重点还是在于版画，我问他答，我抛砖他献玉，因此从他的讲述里我学到不少带有相当启发的东西，比如由罗转述的代大权先生说版画创作"笔笔规矩终而平庸，一错再错忽生奇观"等等艺术手段和创作理念，就让我咂摸不已，得益匪浅。交流的兴趣方兴未艾，虽然罗贵荣要去中国画院了，但我们约定，如果可能，我们慢慢可访谈出一本书来。这样的一本书，想来对我们都是有诱惑的。

3

一次去小区楼下一家理发店理发，见罗贵荣赫然坐在那里，正接受着理发师的细致打磨。还以为看错了，定睛一看，可不正是贵荣兄。原来这个理发师，在罗的小区开店理发多年，后来又搬来我这里。罗是和他熟悉了，加上满意小伙子的技术，竟一路寻踪而来。若是齐白石徐悲鸿等，这就是一则艺林逸事了。这理发的小伙技术不错而外，个人气质也很好的，言语不多，态度温文，把头交给他来打理，再稳妥可靠不过。我在一家理发店理发多年，还办了年卡的，后来到这小伙的店里偶然一试，就见异思迁，把那年卡也作废了，想不到这里已早入了罗氏青眼，而且一旦认定之后，即作始终计。虽不过理发小事，由此也可见得罗的性格和行事方式。须知罗是忙而难闲的人，让他费工夫开车跑这么远来专事理发，一定是特意安排了的。若是像鲁迅先生那样有记日记的习惯，如此理发，就要在日记中记一笔的。在自己的小区忽然见罗，使我竟有些小小的激动，趁着他还在理发，我即回家拿来自己收藏的几本画册，想送与他。我拿了画册回来，罗已经收拾齐备，站在店门口等我，干干净净稳稳实实的一个人啊。在我的印象里，罗贵荣的头发从来没有一次让你觉得，他需要理发了，这也会说明什么吗？这也会说明一些什么的。看着他开车远去，我是愿意多想想他的，想起他在访谈里说，一幅版画创作需要四个月之久，整个创作过程中，都处于一种十分紧张熬煎的状态，生怕一刀不慎，满盘皆毁。就想开车出行，在他也许是一种特别的休息和放松吧。

4

罗贵荣曾给我照过一张相，在泾源，一个文学活动结束了，散伙之际，罗给我照了一张相。后来只要有用得着照片的时候，我都选择拿这张去应对。我还尽可能请求把摄影者的名字落在下面。有人诘问，你就没有别的照片了么？总是那一张。而且别人偶尔选我的文章配图，也是选这张照片，可谓不谋而合。我是很满意这张照片的，我觉得这照片的好处是，能予我某种鼓励。如果说这次拍照也是一次创作的话，那么贵荣兄以他的看似不很刻意的创作鼓舞到了我。可能是一厢情愿，能够一厢情愿也是不容易的。

5

总而言之，我和罗贵荣，可算君子之交吧。罗是做到了，我还得多些努力。

王征

和王征的事多少都有些奇巧，当然说蹊跷也行。

比如一日，看到一则他的绘画摄影双展信息，即表示开展之际，带着喜欢艺术的朋友前来一看。他也高兴。这就算是说定了。之后我就天天看一下日历提醒自己，不要记错了时间。因为不坐班的原因，我在时间方面概念是不强的。又担心到时候忽然有什么事相冲突。当然我的事情向来是不多的。不怕别的，就怕奇巧，忽然有事相左，就会为难。我的决定是，不管什么事，答应了王征兄就是要去的，而且有言在先，即使万一忽然有事，也是可以做解释的。之所以如此说，是因为王征是一个极少开口麻烦人的人，比如顺带帮他买盒烟这样的事，我的感觉，他也不会轻易出口。能感到他的自足自重。尤其这几年，几乎很有些隐而不显的意思了。比如他的微信，古井无波，一年半载不见冒一个泡泡。对郑重者做郑重事，所以我就怕误了对王征的诺言，好在很快就是他的开展期了，我的一颗悬着的心可以落在实处了。但真是怕什么来什么，就接到一个电话，是单位来的，说是如何如何，就那么巧，比如王征兄的开展时间是来日下午三时，单位这事正好就安排在这一天这一刻，就像专门算好了来冲突似的。我听见我嘟嘟哝哝说着和别人有约在先的事。然而单位的事是不容商量的。过后感慨，有些太巧了吧。（小注：后来还是参加了王征作品展，因"王征绘画摄影双展"是单位活动的一部分，单位的会议为此延后了半小时。）

另有一个事，也有些奇巧的，算来十多年了，有关单位把宁夏的一帮子写写画画的人招拢一处，要齐心合力做一个什么事情，当时大家都有些摩拳擦掌，后来却不了了之。但这次集会，也成就了一件事情，就是让我有幸看到了王征的西海固题材的摄影。我来了兴趣，主动表示了和王征合作的愿望。我希望我们能出一本文图集，图就是王征的西海固摄影了，文由我来写，一文一图，不拘长短，不受约束，比如他的照片，我可以放开来写我从照片得到的感受和启发，不必把文字写成对照片的注解。一拍即合。后来就写成了一本书，由北京出版社出版。在孔夫子网查看，这本书已经卖到差不多百元，不用多说，主要还是那些独特的黑白摄影吸引着读者。日本的汉学家德间佳信先生看到这本书后，大为其中的摄影所动，整本翻译了在日本出版。关于这本书，是我和王征的一次愉快合作。想想此书成因，不能不觉得一些奇巧的成分在里面。

我正是从西海固摄影里看到了王征其人的价值和分量，我的看法是，王征以他的天分和感情记录了一个慢慢消失和变化着的西海固，不管有多少人用多少形式来记录来表现西海固，王征的出色劳动都是不可或缺无可取代的。若干年后，当人们想打捞对西海固的记忆时，就会把他们百感交集的泪水洒在王征的一张张关于西海固的摄影上。

都说第一印象是要紧的，但也不尽然，有时候第一印象甚至会误事。我第一次见王征，印象里他并不是太中我意，好像是在文化厅为什么事我们见了第一面，他说着西海固话，说他是西吉人。看着不像，他的神情气质，还有大大咧咧满不在乎的样子，让我觉得他是一个养尊处优的公子哥儿。后来才知道他确实生在西吉，他的父亲曾在西吉当过县长还是什么。

关于王征，记忆是很多的。他是很能干的人，开过文化公司茶楼等等。还在中国摄影家协会供职多年。说他在中国摄影界是一个人物，应该不是什么不合适的话吧。他睡觉时鼾声如雷，不知在这样的闹腾里他自己是怎么睡着的。记得他开着一辆车带我和导演刘苗苗去西海固，半路下来在山野里看景，看乱飞的野鸽子，才发现他的车牌像个没有补好的补丁那样挂下来了，显然经常这样子的。王征看到了老毛病那样，从容不迫上去，一个小动作，车牌又神气地在其应在的位置上了。记得在他家，他由摄影忽然改道画画，看来单纯摄影已经不能满足他了。听过马知遥老师对他的画作的点评后，他做了西红柿鸡蛋面给我们吃。也就是在那次，他无意中讲了一个故事，让我记住了。他说他父亲也是很骄傲的一个人，当干部吧也当到了一定级别，在他眼里，父亲也是磊落大丈夫，但是一次，父亲在一间屋子里接一个领导的电话，不小心让他听到了，他说他觉得很吃惊很沮丧，没想到自己眼里的硬汉子父亲，竟用那样的声音和态度接听领导的电话，这给他的触动太强烈了，几乎一瞬之间改变了他的人生观。

　　我说这个不错，可以写下来的。王征一时目光深沉，说他要写的事情多着呢。

我认识的导演

蔡晓晴

　　1997 年，宁夏四十大庆之际，有关方面策划了一部反映西海固地区诸多变化的电视剧《苦泉纪事》，二十六集电视剧，要求半年内拿出剧本，编剧四人，拟出每集梗概后，具体由我和时任宁夏话剧团团长王志洪先生执笔，我们在海原的一个宾馆里住着写起来，最多的时候，一天一夜写一万八千字，眼睛都写坏了，用点眼药水继续写。此前我们曾见过一次导演，剧本的梗概导演过目并首肯了的，这很重要，剧本就是写给导演的，导演不接受有异议，编剧也是白忙活。我们这电视剧的导演不一般，是电视剧《三国演义》的执行导演蔡晓晴女士，记得见过她一面，个头不高，话语不多，不像很多导演给人咋咋呼呼的样子。感觉她沉稳自信，像是一个大学教授。因为有这样的导演等着我们的剧本，我们的创作就不但是积极的，也是很乐观的，想着导演如此名头，只要我们尽力，投入足够的感情和劳动，一个好作品是可以期待的，孰料剧本完成之际，却传来于我们而言，极为可怕的消息，这消息是，蔡导要导别的片子，腾身不开，我们要换导演了，这就好像辛辛苦苦盖起了房子，却被宣布盖错了地方，要拆掉一样。我后来得心脏病可能都和这个消息有关。我感觉自己是写不动了。二十六集，每集一万五千字左右，合起来是多少字？就是照着抄一遍也愁啊，遑论再写。再想蔡晓晴导演，就觉得她像孙悟空翻筋斗云一样，一个筋斗跃入云端里，使我们看不着更够不着了。

高建国

一个导演一个思路，剧本只好推倒重来。好在王志洪团长有着极好的耐力和耐心，见惯不惊。这一点于我而言是很要紧的，他要是抽橡不干，我是没法子干下去的。

替代蔡晓晴导演的叫高建国，在山西电视台影视剧制作中心工作。他带的副导演显得面熟，原来在电视剧《水浒传》里扮演过扈三娘的哥哥。高导儒雅斯文，对编剧很尊重，肯于聆听编剧的看法。还记得我们跟着他在海原山山原原寻找拍摄地的情景。记得他大踏步走在前面，好像找到合适的景点之前，他会一直是这样一个走法。好像他不是在寻找拍摄地，而是照直朝着拍摄地去的。我不好动，即使自己的家乡海原县，也跑得不多，正是趁着几次拍电影，才跟随导演在老家的土地上跑了跑。记得在红羊乡一个很偏背的村子里，当我们进入一个窑洞，看到烟熏火燎的墙上有一个文物般的相框，相框里错落有致的一些老照片，其中还有一个军人模样的人，身着志愿军军装，军装上有几枚勋章，问此人是谁，说是家里的老掌柜的，已经去世了，生前当过多少年队长云云，在那样的地方看到深久的往事，看到和大世界的如此联系，感觉是很特别的，我悄悄问主人那穿军装的老照片卖吗，主人很诧异的样子使我没有把话再说下去。高导是个很亲和的人，到哪里都给人一种大干部下乡，访贫问苦送温暖的感觉，果然就有了误会，有些人逮住他不放手，他诚恳应对，说我记住了我给你们领导说，其实作为一个导演是做不了什么的。我想过如果让高导扮演一个角色，那么他扮演什么为好？老百姓他是扮演不成的，他往那里一站就会木秀于林，我觉得他似乎扮演军人最为合适，扮演一个军长政委什么的，运筹帷幄，决胜千里，让他拔出枪来，高喊一声冲啊什么的，也不大合适，他就是那种待在指挥部里打电话指挥若定的人。高导好像很恋家，随身带着小孙子的照片，得闲就拿出来看看，看不够似的，后来他的爱人来剧组看他，和他是那么般配的一对，他们的夫妻关系看来是令人羡慕的，都说影视圈比较乱，但给我的感觉，无论乱到什么程度，高导这样的人都是乱不了的。然而做人和创作总是两回事，一次谈到人性的莫测和复杂，记得高导举了一个例子，说他的一个朋友，大学教授，老婆也是教授，夫妇俩关系很好，可是后来这朋友和家里的保姆搞到一起去了，那保姆高导见过的，长相一般，无论哪个方面都不及朋友的妻子，但是朋友却和保姆不期然来了一腿，高导据此论及人性，说人性有时候是支配着人的，你说朋友看上了保姆吧，也不是，但生活却在不会起浪的地方突起了一个波浪。

　　后来到了拍摄的过程，我还跟着剧组，那时候剧本已经大体上通过了，分镜头剧本都有了，但是高导随时有什么新的想法，或者对剧本里的哪一段不很满意，需要改动，就打电话过来，让我改，我俩的房子相距不过十米，但总是打电话，有时候夜深了也会打电话过来，我乐于效劳，高导不怎么刁难人，只要你认真写了，写出了他的意图和所需，他一次也就过了。这样的合作给我很深的印象，觉得对自己而言也是一个历练和考验。高导既然叫建国，应该是 1949 年生人，或者 59 年吧，但是高导过世都快十年了，当时得到高导过世的消息，我冒出来的第一个念头是，他没了，他的妻子可怎么办啊，给我的印象，他们虽不过度亲昵，但水乳相融，好得简直像一个人。

刘苗苗

　　和刘苗苗导演 2005 年认识，转眼十五个年头过去了。通过这些年月的交往，我们之间几乎可以做到无话不谈。

　　是刘导的同学罗丰介绍我们认识的，刘导是从宁夏出去的，对宁夏总有难以割舍的情愫，有一年，她想从宁夏作家的小说里找到自己的电影灵感，托学者罗丰帮忙，罗丰也是我的朋友，就把我推荐过去了。不久我和刘导相约在固原见面，我从银川赶过去，她从西安赶过来，相会于固原。见面后我们就去海原我老家了。刘导看上了我的一个小说，让我改编成电影剧本。我们很正式地写了合同，她付过订金后，我就开始写起来。刘导待在我家闲得无事，就跟我三舅去放羊，她回来给我讲月亮下面放羊，羊灰乎乎的看不清楚。我觉得她待在身边好似监工，于我有压力，她知道后就去固原她同学那里了。待她回来，剧本也告写成。刘导抽着烟皱起眉头，看我写的剧本的时候，我紧张坏了，怕她把给我的订金再讨回去。但是这么多年合作下来，刘导几乎没有为难过我一次，听说某某某名导让一个很有名的作家给他写剧本，写了十一稿还不能通过，累得那作家吐血，天地良心，这样可怕的遭遇我在刘导这里一次也没有碰到过，多年来我俩合作了三个电影剧本，有两个剧本她是一次就给我通过了，另一剧本也只是局部修改了一下而已。修改剧本的时候，刘导约我住在她北京的家里，我住在她家书房里，一个军人的照片在墙上，老虎一样看着我，那是刘导的父亲，马本斋外，另一支回民支队的首领就是刘导的父亲刘震寰。没想到忙得饭也顾不上吃的刘导家里那么干净，她家里的东西都存放有序，比如遥控器打火机等等，她闭着眼睛都可以拿到。相对来说，电影是很没有把握的事情，不是说你写了剧本就一定能投拍，不是说你投拍了就一定能拍下去，不是说你拍成了就一定能上映，长话短说，和刘导合作了三个剧本，只有一个顺利地拍成并获得了上映权。也就是说，三个剧本，照现在的情况讲，两个无限期地搁置在了那里，但是作为编剧，我几乎是没有什么损失的，和刘导签的合同，她都践约了，损失只在她一方。我俩合作的一部电影，因种种原因，中途停拍，当地的一些群众演员的报酬无法兑现，刘导就拿自己的钱陆续补齐了这一块。记得我对我父亲很感慨地讲过，我说亲兄弟，明算账，刘导言而有信，在遵守信诺这一方面，胜过多少儿子娃娃。

刘导喜欢读书，自己也写作，写小说，写剧本，甚至写诗，有着足够的生活感受，有着美好的情怀和雄大的抱负，在快餐文化盛行的时代，多少显得有些另类有些格格不入。她前年和我合作了一部电影《红花绿叶》，她的师兄田壮壮评价很高，诗人巫昂特意写了一篇影评作为给她的礼物，但也有异议，她的一个朋友就认为片子应该更多一些波澜，刘导的观点是，如果自己还很年轻，波澜是会有的，会很多波澜，可以想到那都是一些什么波澜，但是现在到这个年龄了，不能辜负这么多的阅历和感受，五岳归来不看山，对不起，现在拍就不愿意在表面上闹腾了。

这么多年下来，我发现刘导在创作方面自律甚严，要求极高，刘导是抽烟的，有时候一根续着一根抽，我觉得她一旦工作起来，就像她抽的烟一样，不把自己烧成灰烬不罢手。在创作的一刻，她简直有着飞蛾扑火一般的性格。

她有极好的口才，是多个知名大学的客座教授，如果仅就讲电影论，超过她的数不出来多少。

她有着相当的沟通能力和说服能力，比如我们的电影《红花绿叶》，头一天还在写剧本梗概，好投递给可能的合作方看，第二天就接到她的电话，说是投资方找到了，而且雷厉风行，不到三天我就收到了剧本订金。

刘导十六岁考上北京电影学院，二十出头就拍出了《家丑》，电影《杂嘴子》获得第50届威尼斯电影节国会议长奖，近期拍摄的《红花绿叶》也获得了两个国际奖项，但是我总感到她心愿未了，好梦没圆，好像她心目中的好电影还没有拍出来。她是习惯于抬头看的，抬头一看，就能看到大师们的作品摆在那里，摆在高处，诱惑而又挑战地看着她。

我知道她的心气是很足的。

我说拍一部好作品我们看看吧，她在烟雾后面露出她的脸来，眼神受到蛊惑和鼓动那样，好像我确实说准了她的心思。

王学博

王学博，80后，东北人，大概十多年前，他还是个大学生的时候，就到我老家找我，说想改编我的小说《清水里的刀子》，我不在老家，寻而不遇，电话上联系了，说到这个意思，说是东北师范大学的几个学生，想改编《清水里的刀子》作为他们的毕业作品，想征得我的同意，学生娃娃嘛，当然是没有什么版权费一说的。我表示同意。当时想，传媒学院一定有美术老师的，如果可以搞到一张美术老师的画作为我的改编费，我是很向往的。当然心里想想而已，没有说出来。电影后来拍出来了，就是个学生作品，小制作，微电影，王学博的同学也都参与演出了，听说不但没有什么报酬，自己还要往里面贴钱。这样的电影是不能当真的，但是听说也获了一个什么大学生电影节的奖。文艺界总是有一些奇奇怪怪的奖，好像什么作品都有获奖的机会和可能。这事就这么过去了。

过了几年，又和王学博联系上了，他在北京做了一名北漂，也拍了一些东西，对《清水里的刀子》一直不能忘情，当时学生作业，确实没有拍好，但想重新再拍，想把小说的改编权买下来。几个回合后，就敲定了这个事情。王学博先是找作家马金莲、马悦合作，写出了剧本的初稿，让我将初稿再过一遍。老实讲，剧本的初稿写得不错，我又细细过了一遍，后来这剧本经由作家石彦伟投稿，参与了一个全国性的少数民族电影剧本评奖，获得一等奖，且在三个一等奖里名列首位。评委会的组织者联系我，说他们看上了这个本子，想拍，资金没问题，就是要征得我的同意。我和王学博已经有合同在先，当然不可以再有二心了，虽然不清楚王学博何年何月才能寻到投资。但是对于一个没有任何资历可言的年轻人来说，寻到资金的难度可想而知。谁会把成百上千万的真金白银拿来给你打水漂呢？反正我是不抱什么希望的。后来就断断续续听到王学博的一些讯息，忽然说，觅得一点投资了，有五十万之多，忽然像做了个梦一样又毫无音讯了。就这样跌跌撞撞悠悠忽忽过了好多年，忽然一天，得到了真确信息，投资找到了，要来拍了，要来宁夏选景了。从开始谈版权到找到投资，细算算，已经过去了足足八年，我感到王学博像是一个水性不大好的人，竟然从激流险滩里游了出来。其中的艰辛只有他自己知道吧，后来看到他的朋友石彦伟的一篇文章，说有一段时间，王学博像祥林嫂说她的阿毛一样说《清水里的刀子》，说王学博为了找到投资，怎么样一次次去见一个个自己未必愿意见的人，喝酒，每一次喝得都要吐了，一次酒后委屈得如何大哭，等等。好在这些都过去了，投资找到了。

在银川的一家茶馆，我们见面了，联系许多年，见面却是第一次，王学博很帅，像一个演员，话不多，眼神执着略带忧郁，我们说了说片子应该有的风格和气质，他就拖着他的大包到海原寻觅景点去了。四十多天以后，收到王学博的一则短信："今日杀青！"我知道这寥寥几个字的浓度和分量，我觉得最后的那个感叹号就像刚刚射中靶子的箭还在强烈的震颤中那样，我觉得四个字后面立着的那个难掩激情蒙面欲哭的感叹号就是王学博。我也激动着的。我给王学博回了八个字："为你高兴，由衷祝贺！"听我的朋友马海宁说，剧组从海原撤离时他见了，整个剧组都给人一种米粮散尽，严重透支的感觉，海宁说，就是一帮子最辛苦的打工者啊。这其实是很令人深思的话。多少人以为拍电影是多么荣耀光亮的事。王学博给我的印象有两个，一是极有韧劲，一是特能吃苦。

这部作品后来获了不少奖，包括韩国釜山电影节新浪潮这样引人注目的奖，算是给这个能吃苦的东北小伙的一个回报吧。

《清水里的刀子》后，我们并没有断了联系，前不久还看了王学博石彦伟合作的一个剧本，我给王学博允诺说，以后你的电影，都由我来写片名，我可以用这个办法来鼓动自己练字。只要能给剧组省钱的事，王学博历来都是很开心的。

三大师

——我喜欢的诺贝尔文学奖获得者

马哈富兹

穆斯林作家而获诺贝尔文学奖的，有两位，埃及作家马哈富兹和土耳其作家帕慕克，这两个作家，马哈富兹我极喜欢，帕慕克则是读了许多遍，终于觉得与我无缘。我的一个老师，回族，文艺鉴赏方面，颇有见解，力荐我读帕慕克，我推荐他读马哈富兹，结果我们发现，至少在这一次互相推荐中，我们都觉得对方长着和自己很不一样的眼睛。文艺欣赏方面的眼光之不同，有时候简直悬殊到让人吃惊，比如马哈富兹，就读不来福克纳，而且愿意和人打赌，如果有人能专注于读福克纳半个钟点而不走神，他愿意付出五十第纳尔作为酬金。其实也不必争论，不必试图说服对方，各自读各自喜欢的作家就是了。文艺方面是更容易形成人以群分的。

我读的马哈富兹的第一部作品是《梅达格胡同》，就像路过某地偶然吃到一顿美餐一样，强烈地感觉是吃饱了，但确确实实还没有吃够。我觉得马哈富兹笔下的人我都是很熟悉的，他所展示的生活氛围，情感逻辑，于我都很容易产生共鸣，阅读马哈富兹给我带来了很是特别的阅读体验，就像从一个明明是外国人的嘴里，不期然间听到了老家的话一样。我买了好几本《梅达格胡同》，作为对我的一种特别慰藉。我的感受是，《梅达格胡同》这样的书，一读之后，可以不再读，以便留存第一次阅读时的那种极特别的印象，但是我的藏书里，绝不可以没有这样的书，便有多本，也不嫌多。

后来又读了马哈富兹获得诺贝尔奖的三部曲之一《两宫间》，就像一个酒徒得遇了好酒不舍得喝完一样，我读着《两宫间》，也有一种害怕一时读完无可再读的感觉。我就像一条小鱼，那么合适游弋在马哈富兹所营造的感情和氛围的水里。老实说，马哈富兹的三部曲《两宫间》《思慕宫》《怡心园》，我至今只读了《两宫间》，这使我觉得我就像一个有远略的财主一样，充分享受了生活的同时，也对未来的日子有所预备。好东西不要一下子就吃个够。好东西不可以一下子就吃完。这是我过日子的一个原则，在文艺领受上也是同样的。

值得推荐的还有马哈富兹的《续天方夜谭》，是马哈富兹对名著《天方夜谭》的续写，就像汪曾祺对《聊斋志异》的改写形成了另一部名著一样，马哈富兹对《天方夜谭》的续写，使我们有了从另外的意趣和维度上领略《天方夜谭》的福分。就我阅读所及，我觉得改写续写古典名著，汪曾祺的《聊斋新义》和马哈富兹的《续天方夜谭》可谓这类创作的典范之作。有一年，我受邀为《朔方》主持一个栏目，即选发了《续天方夜谭》中的一篇，作家陈继明在珠海看到，来信特别表示了对这样的作品的欣赏和服膺。《续天方夜谭》里饱含着作家在宗教、哲学、历史等诸多方面的非凡见地和深厚修养，但在其整体的表现上又完全是文学的。读这样的作品，只要有向学之心，总是能从方方面面学习到很多。

偶然读到马哈富兹的一个短篇小说《声名狼藉的家》，写一个小有成就的公务员在工作中接待了一个女人，原来竟是许多年前自己的恋人，白云苍狗，人生浮沉，这样的时候，感慨自然是很多的，但老实讲，这样的作品，也很难写出什么新鲜，而且类似作品，大家名家就写过不少，比如蒲宁就写过的，写一个地主的少爷在青年时期受情欲支配，和家里的女仆有过一段情感往事，多年后偶遇，即生出许多感慨来，当年的少爷触景生情，吐露实情说，他现在的家庭生活其实很不如意。蒲宁的高明在于，写到两个人告别后，男主人公望着当年恋人的背影想，要是没有现在的家庭，要是和当年人有情人终成眷属，共同生活，会是怎么样呢？生活的经验告知他，假设的生活其实是一点也不可以乐观的。马哈富兹写这样一个司空见惯的题材，却写出了新意。马哈富兹笔下的公务员当然也是喜欢那个姑娘的，那姑娘和别的姑娘全然不同，大胆、热烈、敢于不戴头巾、敢于主动邀约他，所有这些，都是别的姑娘那里没有的，而且非独姑娘一个人这样，她家里姊妹几个，包括她们的母亲，都有些另类别样，受大家的议论和指点的，愈是这样，愈是吸引小伙子迷恋姑娘，也愈是让小伙子偷偷和姑娘约会的同时，害怕由此而来的种种议论。后来小伙子有个和前程相关的深造机会，于是和姑娘约定，等他回来再结婚，需要等好几年，姑娘是愿意等的，但是提了个条件，说我等你可以，等多久都可以，但你得给我一件信物，哪怕一封短信也可以，让人们知道我是在等你。就这样一个再合理不过的微末要求，竟搞得小伙子很为难，竟至于带着抱怨说："你不能为了我不提出这个要求吗？"又说："我爱你，让它成为我们两人的秘密。"姑娘伤恸而又失望地说："我们家的人不喜欢保密"——总之两个人就这么散了。是非常特殊的情感关系和逻辑。由此可以看出作家确实是不同群体中的那个代为表达者，所来的群体不同，其表达就带着那个群体的整体特征和局限。马哈富兹写到两个昔日的恋人遇而复别后，男主人公还在久久地回味这个事，琢磨这个事，他在想，那个声名狼藉的家，一个个如花似玉性格奔放的姑娘，街坊们一直议论说，她们是不好嫁出去的，实际情况是，她们一个个都嫁出去了啊。小说中还有很要紧的一笔，就是这些姑娘出嫁后，男主人公听到的消息说，"那几个姑娘对丈夫出奇地顺从"，意思是人们看走眼了，姑娘们其实都是顺从丈夫的好姑娘，从这里也可以看到作家本人难以逾越的局限。整体的局限很难为其中的个体所逾越，即使这个体是整体中的优秀者。

作为一个杰出的穆斯林作家，马哈富兹难免对人间万象尤其生命现象有着精深的洞察和追问，这在他的几乎所有的文字里都有所显示，他也像许多思考者和觉知者那样，对自己心里兴灭的浪波和闪烁的光点有过捕捉记录，译作汉文的《自传的回声》就是这样一部著作，要更好更深地了解、理解马哈富兹，须看他的《自传的回声》，《自传的回声》之于马哈富兹，正好比《野草》之于鲁迅。我的观点，鲁迅全集里如果要求必须有所剔除，那么或许可以剔除书信日记甚至几篇杂文，但独独不可剔除薄到几乎难以成为一本书的《野草》。

从成长环境、社会氛围来说，马哈富兹都深受宗教影响，说他是一个虔诚的穆斯林也并没有什么不对。但他的表达本质上是文学的，而不是宗教的，正因为如此，他曾被他的同胞刺杀过一次。这是他作为一个努力接近文学本质的作家，付出的必然代价。

法朗士

在一部由信德、仲南编选，浙江文艺出版社 1992 年出版的《诺贝尔文学奖作品精编》中，这样介绍了法朗士的写作特点："法朗士的作品，就风格和结构来说，在文学史上是别树一帜的""他的小说没有生动的故事情节，只有日常所见的平凡的生活片段""人物的对话多于故事的叙述，哲学的论辩超过事物的描写""他对丑恶现实的嘲讽，用的是'圣人的温和语气'（高尔基语）"。

读过法朗士的小说后，会觉得这样的说法是对法朗士小说特点的高度概括。当然再精准的对小说的分析或概括都比不上读小说本身。尤其像法朗士一类作家的小说，字字句句里都伏藏着要义和深味，像压缩饼干，很容易就吃撑了，即使是一个短篇小说，也得细读慢读精读，有一种读大书的感觉。从某种角度讲，法朗士的小说是反概括的，因为无论怎样概括，总是会有遗漏的方面。而且这被遗漏的，如果换个立场和角度来看，又会成为极重要的。在这样的作家作品面前，读者是甘愿伏低伏小的。

我第一次读法朗士，读的是他的小说《黛依丝》，是写一个修士去拯救妓女的，结果是妓女幡然有悟，得归圣途，修士却被妓女的美貌诱惑得堕落了。名为长篇小说，译作汉文也只有不到十三万字。我的阅读体会，觉得这真是写进骨头里的小说，晦明之间，苦乐之间，圣魔之间的依存和往复关系，都可以凭此薄薄一册来窥探打量。同样题材同等印象的小说，托尔斯泰的《谢尔盖神父》外，就是法朗士的这部《黛依丝》了。《谢尔盖神父》篇幅更小，大概不过六万字。作为一个写作者，一生能写出薄到不像一本书的《谢尔盖神父》或《黛依丝》就可以了。这当然已经同乎说笑话了，谈何容易，连鲁迅先生谈到法朗士的《黛依丝》时也说"非法朗士，真是作不出来"。

搁过《黛依丝》且不说，且说说法朗士的一个短篇小说《克兰比尔》，便是这样一部短篇小说，让大学老师来给学生讲授，大概也是能讲上最少一个星期的。

像前面说到的那样，法朗士的小说，情节总是不复杂的，很容易就可以讲完,《克兰比尔》讲的是,一个叫克兰比尔的人,在街上推着小车卖菜快五十年了。一天他卖白菜给鞋店老板娘,要价十五个铜子儿,老板娘挑挑拣拣后,只给他十四个铜子儿,而且身上没带钱,须去鞋店取来给克兰比尔。这时候六十四号警士却走过来,让克兰比尔把车推走,好让开马路。克兰比尔说等拿到老板娘的菜钱他就走。警士却不管他的菜钱不菜钱,只让他赶紧走。连续命令了三次。正好有一个买鞋的女人抱着孩子进了鞋店,老板娘忙着做生意,一时出不来。克兰比尔让警士催得冒汗,央告警士说:"我不是告诉过你,说我在等我的钱吗!"警士即指责说克兰比尔是在骂他了,说克兰比尔骂他是"该死的母牛",大概这个话在法国是很伤人的话,六十四号警士因此不依不饶,说克兰比尔侮辱了他,他要带克兰比尔去见区长。围了一大圈看热闹的人。忽然从中走出一个人来,对警士说,他听得清清楚楚,克兰比尔没骂母牛的话。警士见那人穿戴不俗,就没有冒犯他,带着他和克兰比尔去见区长。结果是克兰比尔站在了被告席上。克兰比尔嘴拙,无法说清自己的事情。为他作证的体面人的话法庭也没有采纳。应该为他说话的律师私底下却对他说,还是老实交代了的好。最终克兰比尔被判拘留十五天,罚金五十法郎。拘留期满,克兰比尔继续卖菜,但是没有人买他的菜了,就是老主顾也转而去买别人的菜,没有人愿意买一个从监牢里出来的人的菜。克兰比尔生活无着,性情大变。走投无路时,他忽然觉得还是拘留他的那个地方更好,有吃有喝,还不受冻,就在一个下雨的夜里,克兰比尔走到一个在街上负责值守的警士跟前,鼓足勇气,吞吞吐吐骂了他一句"该死的母牛",但是他的希望落空了,警士宽宏大量地表示了对他的轻蔑。小说的结尾是"克兰比尔低着头,垂着两条胳膊,冒着雨,向黑暗的地方走去"。

情节就是这样的。但如果说小说就写了这点儿情节,那真是比买椟还珠还要糟糕。如果说情节只是一个人的简介的话,那么小说就是这个人的整个一生。简介是可以随意增减的，但人生的每一次心跳每一个眼神都无法从既有的人生里除掉。比较于这三言两语即可道尽的情节，小说本身真好像是一座富矿，就看你采掘的能力了。

且看看法朗士是怎么写克兰比尔的种种心迹的：

"他充满了敬心。全身沉浸在恐惧之中，已准备把他个人的犯罪问题完全听任法官去处理"；

"克兰比尔在街上推车推了半个世纪，他早就学会了怎样服从官厅的代表"；

"我说了'该死的母牛！'吗？是我说的吗？……唉！"；

"那么，我是说了'该死的母牛！'了，唉！"；

"我说了'该死的母牛！'，是因为警士先生先说了'该死的母牛！'，我才说'该死的母牛！'的"；

"克兰比尔不想再（在法庭）分辩，因为太难了"；

"他不敢相信自己会对，而那些法官反倒会错，尽管他没有听懂他们所举的理由，他不能想象在这样庄严的仪式里会有什么不合理的地方"；

"他对坐牢既不觉得痛苦，也不觉得可羞，他觉得监狱是必需的，一进门他特别注意的是四壁和方砖地的洁净"；

"要说干净，这地方真干净，说真的，简直可以在地上吃饭呢"；

"等到（拘留室）只剩了他一个人的时候，他想把坐着的小板凳往前拉一拉，却发现凳子是钉死在墙里的，他高声表示了他的惊愕"；

"他（在拘留所）觉得烦闷，放心不下他那被扣押的、依旧满载着白菜、萝卜、芹菜、莴苣的小车子，不安地想到：他们把我的小车子弄到哪儿去了呢？"；

"（在法庭上）庭长足足花了六分钟时间来审问克兰比尔。克兰比尔没有辩才，并且在这样一个场合里，他是又惊又惧，自己把嘴封了个严实，所以他一声也没有响，而是庭长自己在回答自己的话，这些回答是极端不利于被告的"；

"（律师来看克兰比尔时，克兰比尔借机问）你能不能告诉我，他们把我的小车子塞到哪儿去了吗？"；

"克兰比尔出了狱，还是推着他的小车在蒙玛特街上喊：白菜，大萝卜，胡萝卜！"；

"监牢里没有什么可抱怨的，你需要的东西全有。不过，在家里究竟舒服一些"；

"他最觉得高兴的是，又能在烂泥里、在本城的方石板路上走道儿了。又能看到头顶跟臭水沟一样脏的水淋淋的天"；

…………

小说一共有八小节。其中篇幅最长的第四节在我们惯见的短篇小说里几乎可以整节删去（一定有不少编辑会建议作者删去此节的）。然而一旦真的删去，会是多么可惜。我觉得如果读书有好摘录的习惯，那么这一节是值得整节摘录下来的。这一节好像从整篇小说里跳了出来，和主人公没有任何关系。如果最初的小说没有这一节，读者是看不出什么缺损的。然而一旦有了，就显得不可或缺。就像托尔斯泰小说里的大段议论会让有些读者不适应一样，但于有些读者来说，却是要奔着议论的部分才去阅读的。这一节全是议论。是两个参与了庭审的人的对话。一个是版画家，一个是律师，主要是版画家讲，律师听，内容是版画家对庭长之所以如此来判的分析和肯定。

真是太精彩了，原文照录都不为过。

限于篇幅，摘录几小段吧：

"应该夸奖蒲里司庭长的……他是凭武力的强弱来衡量一切证据的"；

"他（指庭长）重视的不是马特拉本人，而是六十四号警士，他是这样考虑的：一个人是可能发生差错的，笛卡尔、莱布尼茨、牛顿也会发生差错……可是对于一个号码，我们却是可以信任的"；

"马特拉是会发生差错的，不过六十四号警士，撇开了他的属于人的方面，是不会有错。他是一种原质"；

"蒲里司庭长知道六十四号警士是国王的一小部分，而国王是存在于他所委任的每一个官员身上的，毁灭六十四号警士的威力就是削弱政府的力量"；

"法官是只有在实力支持之下才能得到人们的服从，如果没有宪兵，法官不过是一个可怜的梦幻者而已"；

"司法就是使一切已经成为事实的不合公理的行为变成合法"；

"等到一种不合法的权力起来了，只要司法把它加以承认，它便可以成为合法，关键全在手续上"；

"尤其要紧的是，你不可以向司法要求公道，它用不着公道，因为它本身便是公道"；

…………

小说里还有几个女人，被愤怒和倒灶的克兰比尔贬损为婊子的，限于篇幅，不再说了。短短的万把字的一个短篇小说，使我领略到这小说本身的巨大魅力外，也还依稀看到几篇小说的影子，像《阿Q正传》《罗生门》《警察与赞美诗》等。

多丽丝·莱辛

多丽丝·莱辛主要是以其创作了《金色笔记》为代表的作品获得了诺贝尔文学奖。

译林出版社 2000 年 8 月出版的《金色笔记》这样简介多丽丝·莱辛："1962 年,代表作《金色笔记》推出,作为极易引起争议的鸿篇巨制,成为其摘得诺贝尔奖桂冠的最充分理由。"译者陈才宇在译序里说:"那些嗜好阅读离奇的爱情故事或冒险故事的读者对《金色笔记》的情节一定会很失望:这里支离破碎,没有连贯的、完整的故事,激不起你一口气读完它的欲望。有人也许还会觉得它不堪卒读,因为它像一个大拼盘,各种风味的菜肴胡乱混合在一起,使你很难在日常菜谱里找到它的位置。""这样一个结构,这样的一种布局,哪里还有传统小说的规范呢? 乍看之下,简直就是一堆零乱的、未经加工的文学资料。然而,这种古怪的布局正是作者刻意追求的,这种混乱不堪的印象也是作者用心制造的。""莱辛自己对《金色笔记》的形式颇感自豪,曾声称《金色笔记》是'一次突破形式的尝试,一次突破某些意识观念并予以超越的尝试'。"

这样一些介绍和分析里其实包含着非常重要的信息。

真正了不起的作品因其巨大的陌生感和不合常规性,并不一定是众口说好的,可能是存在相当争议的。过于丰富的内容要求着与之相匹配的形式,非"这个"形式,不足以反映"这个"内容,当一部作品使人们觉得见未曾见时,争议和各种观点就产生了。所以梵高终其一生卖不出一幅画,了不起的艺术家徐渭石鲁等也活成了那个样子。

多丽丝·莱辛当然是幸运的，虽然她 1962 年就写出了平生最重要的作品《金色笔记》，过了四十五年，直到 2007 年，才获得诺贝尔奖的承认和加冕。由此也可见得，尤其在文艺方面，重大的肯定有时候会姗姗迟来，而且这种漫长到几乎无望的迟来显得那么必要和可以理解，从中可以给人许多启发和启迪。我对莫言的"晚熟"一说很感兴趣，真正的名声也需要晚熟。晚熟的名声一般来说是可以经久的。作为一个有追求的写作者，写作多年，总要致力于寻求和呈现相对陌生和新鲜的东西。我一直对写作的形式感是不大重视的，这两年忽然好像醒过一点味来，觉得无论多么好的内容，都要借助形式来体现。而且天下无新事，说来真正新的倒可能只是形式。而且好的形式会带出好的内容来。好比一切像模像样的建筑，需要杰出的建筑家出现的时候，先于梁木瓦石，总要有一个反复修改调整的设计图一样。莱辛得意于她的《金色笔记》的结构形式，一定是在这样的形式里得到了最大程度的释放和展示。只要有好的衣服，适合穿这个衣服的人总是有的。

我第一次读多丽丝·莱辛，倒不是读《金色笔记》，而是从好像是上世纪八十年代的一本《外国文艺》里，读到几篇莱辛的短篇小说，都是写非洲生活的。篇篇精粹，无一不好。其中一篇名《草原日出》，写大群蚂蚁吃掉了一只雄鹿的，读来惊心动魄，叹为观止。读到好作品，总是不忍独享，要推荐给朋友也尝一尝这好滋味，结果这本《外国文艺》，不知借给了哪个朋友，反正我这里是没有了。说来是可以引为教训的。后来又特意买了两本莱辛写非洲的短篇小说集，才痛感到一个真正值得读的作家，译为别种语言时，这译者是多么重要。我还是得设法寻得那本载有莱辛非洲短篇小说五篇的《外国文艺》。人的口味真是不可言喻，加拿大女作家门罗几乎是唯一一个以写短篇小说获得诺贝尔奖的作家，我也是钟情于短篇小说写作，但是就各自创作的短篇小说而言，比较于门罗，我是更喜欢多丽丝·莱辛的。

比较于莱辛在《金色笔记》中的突破和创新，她的一个说法很值得玩味，她说"对我来说，文学艺术的最高标准是十九世纪的小说，是托尔斯泰、司汤达、陀斯妥耶夫斯基、契诃夫等大师的杰作，是伟大的现实主义的杰作"。树叶从根部汲取营养，这样的话里面的信息应该是极要紧的。

是生在伊朗的缘故吗？从面相看，多丽丝·莱辛看起来像是一个姥姥级的伊朗老妪。在街头遇见，很难把这样一个老人和诺贝尔奖联系在一起。和一些长得神一样的作家相比，比如托尔斯泰泰戈尔等等，多丽丝·莱辛从模样上看，好像是他们的一个仆人或老妈子；与气质优雅，显得脱俗洋气的辛波斯卡也比不得。这比不得多么好啊，油然而生一种难以言道的不违和感亲切感，觉得这个博得了人间大荣誉的人，看来真是像自己的太奶奶太姥姥。老人家真是坚韧，好像一个不等到洋糖不离开的孩子一样，一直等到她88岁那年，才有一个她应得的消息传来，使得她一举获得了两个荣誉：诺贝尔文学奖获得者；年龄最大的诺贝尔奖获得者。毕竟是上年龄了，据说获奖消息到临时，她刚从菜市场买菜回来，面对大群围拢着的嘈嘈切切的记者，老人在屋台前坐下来，她需要先缓一缓再说。

我的诺奖（文学奖）观：

无论怎样评议甚而求疵，都不得不承认，迄今为止，举世范围内，关于文学奖，还没有哪个奖项，其影响力和分量感能超过这个奖。这是由它的判断力和公心所决定的。

我喜欢的诺贝尔文学奖获得者:

除了以上写到的三位,不必查资料,随手还可以写出来的作家有:

索尔仁尼琴、黑塞、辛格、蒲宁、辛波斯卡、米沃什、米斯特拉尔、川端康成、莫言、略萨、帕斯捷尔纳克、安德里奇、罗素、阿列克谢耶维奇、黛莱达。

盘　点

——关于诺贝尔文学奖

喜欢的作家

辛格

辛格（1904 年—1991 年），美国作家。1978 年获奖。

获奖理由：他的洋溢着激情的叙事艺术，不仅是从波兰犹太人的文化传统中汲取了滋养，而且还重视人类的普遍处境。

诺贝尔奖获得者里，最为我所喜欢的作家可能是辛格，喜欢他的平易。作家貌似深刻是容易的，难在真正平易。给我的感觉，好像辛格最高的身份不过一个杂货店的老板，或者就是补鞋匠、钟表师、烤面包的、薪水微薄的教员、埋尸工等等等等，好像他总是围着旧围裙，戴着粗线手套，行色匆匆，忙个不停。其实如上各色人等都是他的写作对象，他和他的写作对象之间甚至不是包子和饺子的关系，就是土豆与土豆的关系，最多也就是这个土豆大一些，那个土豆小一些，这个土豆是圆的，那个比较起来有些扁，如此而已。

辛格习惯于把街上走过的任何一个人随手拉进他的小说，就像内急要方便一下，就让刚好路过的人帮着看一会儿店铺一样。这就使得辛格的小说，尤其短篇，有一种非正式性，有一种即兴感，好像一个大夫，路遇病人求医问药，就顺手写了个方子给他。但是究其疗效，这方子却是极管用的，就这个病，就这个药，远胜过排长队花大价钱挂专家号。数剂而愈，还便宜，不能不说，这是大功夫了。诺贝尔奖授奖词中提及辛格的短篇小说，说辛格是"炉火纯青的文体家"可谓确论。同样获诺贝尔奖，同样以短篇著称，也被誉为文体家的俄国作家蒲宁，和辛格搁在一起比较比较是很有意思的，一个像官窑珍品，极尽讲究之能事，一个却担水劈柴亦大道，从心所欲不逾矩。就我来说，蒲宁虽好却隔膜，拜师傅自然是拜倒在辛格脚下了。

受宗教影响，辛格的小说里多写到神怪鬼魂一类，和我国短篇小说大师蒲松龄先生小说里的神鬼们还是很不一样的。不同的文化背景里有着各自的神鬼理解和塑造，感觉在辛格的小说里，鬼魂们也是很辛苦的。要是谁有心做做辛格和蒲松龄的比较，也会是一个不错的选题。

辛格的写作，貌似随性的同时，也有着一个特殊性，就是他的主要作品，都是用一种叫"意第绪语"的方言写出来，然后自己再译为英语，之所以如此费周折，是因为辛格觉得自己"喜欢写鬼故事"，而就写鬼故事来说，没有任何语言比这种"将要死亡的语言更适合的了"。由此可见，合适的语言对于作家写作的重要性，于作家而言，找到合适于自己的语言就是找到了难以替代的自己。

获奖后致答谢词时，辛格特意采用了意第绪语，并对这种语言做了饱含感情的解读："瑞典学院将此项最高荣誉赠我，同时也是对意第绪文的承认。意第绪文是一种流放的语言，没有国土，没有边疆，得不到任何政府的支持，为外邦人和不受束缚的犹太人所鄙视……有人将意第绪语称作死的语言，事实是，意第绪语还没有讲出它的最后一句话，它含有的宝库还没有显露给世人看，它是殉教者和圣人的语言；是梦想者和希伯来神秘哲学信徒的语言……是我们大家的智慧而谦逊的语言，是受惊而仍有希望的语言。"

——基于如上言语，辛格为什么用意第绪语写好后再译作英语，就是容易理解的了。

由此我也想，其实作家本质上都是用自己的方言写作的。从写作中看不到其方言底色的人，也许就是丢掉了一部分自我吧。而丢掉自我于写作来说总是致命的。

最后说点闲话，导演刘苗苗对辛格也是情有独钟，念念不忘，说起《卢布林的魔术师》这个名字，和说自己的方言一样顺溜，她曾动念改编这部小说，还有《傻瓜吉姆佩儿》，很认真地准备过，惜乎不了了之。

米沃什

米沃什（1911 年—2004 年），波兰诗人。1980 年获奖。

获奖理由：他在自己全部的创作中，以毫不妥协的深刻性，揭示了人在充满着激烈矛盾的世界上所遇到的威胁。

我觉得有三个可称为男子汉的诗人，分别是惠特曼、聂鲁达及米沃什，这三个人都有着看起来强健的体魄。比较于许多英年早逝的诗人，在各自的年代里，他们也都还算高寿，尤其米沃什，活了九十多岁。我的一个老师说，艺术家还是要拼年龄的，说齐白石如果六十岁殁了，就没有现在这么个齐白石了。不是没有道理。

三个男子汉诗人，除了气势雄强、视野深大的共性外，也有着相互之间非常不同的一面，比如说，比较于惠特曼的歌咏自然，米沃什就更多了一重对社会人生的深度参与，也因此就难免忧患和愤懑：

"在畏惧和战栗中，我想我会完成我的生命"；
"我们被允许以侏儒和恶魔的口舌尖叫"；
"强权得势是不会有问题的"；
"一个新的，没有幽默的时代正在兴起"；
"以模棱两可的词句形成武器／将明确的词句丢给收容所"；
"热情的声音胜过理性的声音／没有热情不能改变的历史"；
"我说的这么少／我来不及了"；
"人类向来习惯于认为／只有借着当权者的恩惠才能活下去"。

有时候他显得悲观：

"神并不为善良者增多羊群和骆驼"；
"有人性的东西在消亡"；
"他无论如何没有办法找到／在活着的人们中间／会有人从嘴里说出／人类的话"；
"我对命运的安排逆来顺受／毕竟我只不过是人"；
"我瞧着他们，佯装睡意蒙眬，垂下了眼帘／我就这样装疯卖傻，过了一天又一天"。

对于希特勒式的人物，诗人的嘲讽是辛辣的，诅咒是强烈的：

"一个冬天的早晨／一根压弯的树枝，一条绞索／对你最为合适"；
"他们坐在玻璃椅子上"；
"他们坐过的地方将寸草不生"。

作为诗人，米沃什对自己诗人的角色和名号至为珍重，倍加颂歌：

"你心里可不踏实，诗人不会忘掉这一切"；
"当诗人迈进大地的花园／所有的乐器都无比欢欣"；
"光荣啊，世界上出了诗人的地方／这消息顺着沿海的水域传播"；
"他的家在滚滚的松涛里，在狍子的叫声中"；
"有诗人的人民是幸福的人民"。

——不知道还有没有第二个诗人这样夸奖过自己的这一身份，作为诗人里相对理性的诗人，米沃什之所以如此言论，绝非自抬身价（他是用不着这个的），而是寄予了诗人这一特殊角色更多担当更大的使命吧。

有言道：文似看山不喜平。又说：人贵直，文贵曲。如此说来，米沃什的诗好像是有些偏直接了，但是有什么关系，只要是好的东西，尤其是近于最好的东西，说什么来路曲折，倒不如就这样直通通地涌送到怀里来。那些佶屈聱牙的，装腔作势的，爬臀舔腚的，无病呻吟的，即使闪展腾挪，随沟就渠，拐上九九八十一个弯，又有什么意思呢？还不如死在半途，最终不见它面才好呢。

关于诗的艺术，米沃什正好有一首诗谈到，诗名恰好就叫《诗的艺术》，不妨摘引几句在这里："我一直向往更为广阔的形式 / 不受诗歌或散文的约束 / 让我们都能理解清楚 / 以免作者为难，也不必叫读者受苦"——这明白如话的诗，洗耳恭听好了，还有什么可说。

我要严格地选几首好诗，无论如何，米沃什的《礼物》是漏不掉的："如此幸福的一天。雾早就散了，我在花园里干活。蜂鸟停在忍冬花上。这世上没有一样东西我想占有。我知道没有一个人值得我羡慕。任何我曾遭遇的不幸，我都已忘记。想到故我今我同为一人并不使我难为情。在我身上没有痛苦。直起腰来，我望见蓝色的大海和帆影。"——我引用的时候没有分行，但不分行还是诗，好诗，最好的诗。

马哈福兹

马哈福兹（1911 年—2006 年），埃及作家。1988 年获奖。

获奖理由：他通过大量刻画入微的作品——洞察一切的现实主义，唤起人们树立雄心——形成了全人类所欣赏的阿拉伯艺术。

不记得怎么接触到马哈福兹的作品，然而一旦遇到，就觉得其人其作于我是一种重要的难以替代的滋养了。

《梅达格胡同》是我读的马哈福兹的第一本书。我读得沉醉又亲切。我感到这是一本写我老家的书，是写我的亲戚邻里的书。那样的阅读经历和感受，平生数不出来几次。难抑激动，我给不少朋友推荐了这书。十多年前，一个亦师亦友的朋友带着女儿到我老家，他女儿的对象是一个阿拉伯人，我于是就热烈地推荐了《梅达格胡同》给他们，我手头的一本《梅达格胡同》朋友就顺手拿去了，我表面显得没什么，心里着实有些舍不得，失掉了一样稀罕物似的。很快我就又买了多本《梅达格胡同》，在老家和银川的住处放置了，方便我想读的时候随处能读到。

我觉得《梅达格胡同》就像一种吃惯了的菜似的，总是吃不厌。但是朋友反馈回来的信息是，比较于马哈福兹，他更喜欢帕慕克。帕慕克也是个穆斯林作家，也获了诺贝尔奖，迄今为止，获得诺贝尔奖的穆斯林作家就这两个人，埃及作家马哈福兹和土耳其作家帕慕克。我即买了帕慕克的作品来看，就我的趣味讲，哪里及得上马哈福兹，帕慕克太洋气了，洋气得我看不出任何熟悉的痕迹，嗅不到一丝熟亲的气息。

文艺上的趣味，有时候确实有着云泥之别，好比马哈福兹，就特别喜欢托尔斯泰，就不大接受福克纳，认为福克纳太复杂了。他曾要和人打赌，让对方坐在那里读福克纳，如果读半个钟点还可以津津有味，那么他就付出五十第纳尔。一代文宗马哈福兹，竟然对另一个文学大师看法如此，可见人之口味不同能到何种程度。好在马哈福兹能把自己的这种真实感受说出来，很多人都支支吾吾不讲的。

后来又读到马哈福兹获诺奖的三部曲，老实说，我像穷孩子吃洋糖一样，吃吃停停，吃吃停停，单怕一下子吃完再没有这么好的东西吃。连同这个作家一并觉得亲切，觉得他就像我的一个气息相投的长辈那样。银川一个很有名的回族老学者邀我一见，考虑着拿什么作为见面礼好，礼物是很重要的，合适的礼物是很难选的，不合适的礼物还不如不送，三思再思，我买了一套马哈福兹的三部曲给老人，果然很得老人欢喜。记得还去过一个阿语学校，观览学校的图书室时，发现马哈福兹的著作，学校的校长说及马哈福兹，就像说一个他再熟悉不过的人似的，而且马哈福兹这几个字从校长口里出来，给人一种感觉，就像马哈福兹我们一直都念错着，只有像他这样念才是对的，才属地道和正宗。他说马哈福兹的作品虽然翻译也好，但他更愿意读原文。这是我不能得到的福分。不赖翻译，读马哈福兹的原文会是什么体会呢？说到马哈福兹的名字，想起一个事来，不知道作家里面，名字最长的是谁，也许就是马哈福兹了，马哈福兹的全名译作汉语，有二十一个字，他的全名是：纳吉布·马哈福兹·阿布杜·阿齐兹·易卜拉欣·萨比莱基。记不住，就叫他马哈福兹好了，从访谈看，老人是一个蔼然长者，只要在这二十一个字里，叫哪个名字他都会答应的吧。

和辛格强调意第绪语，米沃什强调波兰语一样，马哈福兹在致答辞中，特别强调了阿拉伯语："我希望你们心胸开阔地听我讲话，因为讲话的语言是你们中许多人所不熟悉的。但这种语言是真正的获奖者，它应该以优美的音调第一次在你们这块文明的绿洲上回荡。"不约而同，不谋而合，作家都在关键的时机和场合对自己的母语做强调并致敬，可谓意味深长。

读到过关于马哈福兹的两篇访谈，在访谈中，可以看到马哈福兹关于艺术和人生的一些观点，不妨摘引若干在这里，可借此更多地了解这位了不起的作家：

"时间是小说的主人公"；

"我的童年很一般，并不吸引人"；

"任何自传性的东西的真正价值，在于包含真实的记载"；

"如果只有一半真实，那最好不要写自传"；

"人的想象力是无限的，而记忆力是非常非常有限的"；

"我家里人都长寿，我无权描写这些活人及他们的生活"；

"我的家庭气氛不会使人觉得它会诞生一个艺术家，笼罩着它的唯一的文化因素就是宗教"；

"在我的写作中，从不关注某一流派"；

"政治激情是我艺术实践的主要源泉";

"对于艺术家,如何处理性是一场困难的考试……在中东地区,人们因恐惧和羞耻而回避它。我主张把它作为一门科学、心理卫生来严肃而勇敢地对待,反对挑逗、刺激。我这样主张,并非从道德,而是从艺术角度出发";

"我只是在局部范围内才是现代人,总的来说还是有些保守";

"我在写三部曲时,运用了19世纪的手法,尽管受到批评家的批评,但我仍然觉得它与自己的经验相适应";

"后来,我毫不犹豫地采用新的手法,我愿意向任何一位运用新手法的同行学习";

"中国的书,我读过《论语》和《骆驼祥子》";

"所有的想象均来自现实";

"埃及人具有蚂蚁的天性"。

赫尔曼·黑塞

赫尔曼·黑塞(1877年—1962年),德国作家,后加入瑞士籍。1946年获奖。

获奖理由:他那富于灵感的作品具有遒劲的气势和洞察力,为崇高的人道主义理想和高尚风格提供了一个范例。

从文学面貌和文学气质来说,黑塞应该是一个很独特的作家。作家中总有极少的一部分作家,由于其命运或者个性的特别,从而给人类贡献了种种特殊面貌和质地的文学,像陀思妥耶夫斯基、博尔赫斯、卡夫卡等等，都属于这样的作家，这样的作家身上，天命的痕迹更重更清晰了一些，也就是只能这样而难以那样。无可选择，只能如此。黑塞相对卡夫卡等而言，似乎个人的境况要好一些，他种花养猫画画等闲情逸致聊可为证，而且他毕竟活到了八十开外，于一个深入探索人的心灵状况的人而言，这样的高寿，可谓难得。

黑塞的主要成就在小说，他的小说的面貌和气息，和我们通常所见的小说还是有着相当的不同，好比我国的小说《三国演义》《水浒传》等，其中有着千百号人，在黑塞的小说里就是不可想象的，黑塞的小说，即使长篇，也是人物不多，大概不会超过数十人，而主要的人物也就那么三五个，甚至只有一个。着重写一个人的精神历程。一句话，他的小说不是写社会人生的，而是写人的心灵处境的。写一个人心里暴雨那样不能休止的种种矛盾冲突，写对生命价值和意义的探索叩问。所以对那些热衷于群众运动的人而言，黑塞的小说里的人物简直可算是吃饱了撑的，苦思冥想，自寻烦恼，真正何苦来哉。

和许多作家的创作相比，黑塞的写作更像是一种精神苦修，这种苦修的过程看似不动声色，实则惊心动魄。世上的种种探险里，其实最奇瑰也最具风险的，无过于精神探险，种种试炼和考验，使人如在水火，无以安处，又苦乐自尝，难与人言，黑塞把他小说中的主人公喻为"荒原狼"，庶几得见蛛丝马迹。从这个角度说，黑塞的小说应该是一种小众小说，应该是写给少部分有特别处境和特别需求的人看的，自心撕裂闹腾，要寻人生究竟，穷途寻医问药，这才找到黑塞的小说看其中有没有自己需要的方子，这样处境和需求的人，应该不多的。所以当我看到美国和日本曾经兴起过"黑塞热"，黑塞的作品有700多个版本，累计发行量过亿册时，还是很有些纳闷，这么多人需要读黑塞的书究竟是什么原因呢？究竟发生了什么事使这么多人成了黑塞的读者？他们从黑塞的书中又真正收获到什么呢？黑塞的书大体上是一种暗藏着无数漩涡的深水，谁敢把他并不坚实的小船轻易就驶入这样的深水中呢？想来猎奇求异、逐流跟风的读者也为数不少，但那些真正需要读黑塞，并确实在黑塞的作品中读出了深味，读出了强烈共鸣和足够安慰的人，和黑塞一样，也是人类中遭遇和处境都比较特殊的一群吧。

有几个同代作家，这样谈到黑塞：

> 黑塞在我们时代最高、最纯的精神上做尝试和努力……在与我同属于一代的文人中，我很早就把已是高龄的他作为最亲近最可爱的朋友，满怀同情地陪伴他成长，这种同情既从相同也从相异中吸收养分。
>
> ——托马斯·曼

> 黑塞的散文令人吃惊，表达出恰恰最无法表达的事情，无与伦比。
>
> ——斯蒂芬·茨威格

> 讽刺有更辛辣的种类，如怒火的宣泄。但另外一种更有魅力，那就是黑塞所拥有的讽刺。在我看来这是一种能力的见证，能察觉本质，能认识自我而不沾沾自喜。
>
> ——纪德

川端康成

川端康成（1899 年—1972 年），日本作家。1968 年获奖。

获奖理由：以敏锐的感受，高超的叙事技巧，表现了日本人的精神实质。

读日本文学，曾有过某种不适感，后来则是慢慢地欣赏和看重起来。在林林总总的世界文学里，日本文学无论其显得传统还是先锋，总体上都有着一种特别的日本味道，是别的任何一种文学所没有所难有的。在文化方面，日本无疑深受中国影响，但就像书法到日本有了一种与中国书法相异的面貌和气质，中国的唐诗宋词到了日本，经由日本人的欣赏和理解，同样的文词，也似乎有了一丝独特的气息在其中，中国诗人白居易，日本人是很喜欢的，但是给我们的感觉，日本人所喜欢的白居易，和我们的白居易已有了某种细微却又是质的区别，好比一种被日本人所接受的中国菜，在接受后又做了适合日本口味的加工一样，这被加工后的中国菜，既适合了日本人的口味，中国人吃起来就难免一些异样感和新鲜感，有一种虽来于我，已属于他的感慨。从这个角度讲，日本对外来文化的日本化是不能不由衷佩服的。他们似乎有能力拿走你文化中的精粹部分，在深长的历史里，慢慢地根本性地转为他自己所独有和特有。

这是一段闲话，回头来说川端。

真是要佩服诺贝尔文学奖评审会的那几个老头，从为数众多的日本作家里择选出川端康成，眼光可谓精准独到，没有比川端康城更能体现日本文学特质的了，川端简直就是日本文学的最佳标本。日本作家大江健三郎后来也获得了诺奖，但那已经是日本人吃西餐的感觉了。川端之于日本文学，正好比鲁迅之于中国文学，都可谓不二人选。

把川端康成和海明威比比，把川端康成再和泰戈尔比比，那种比较的感觉会很有意思，和海明威比较，川端就全然是东方的；和泰戈尔比较，川端就完全是日本的。不能说日本文学就是川端文学，但川端的文学却全然是日本文学。

虽然我们也不知道川端具体怎样写作，但可以肯定的是，他不会像海明威所说的那样站着写作，也不会像卡夫卡陀思妥耶夫斯基那样锻铁淬火一样写作，他的写作，就像给祭祀用的花匠种花那样；像银匠给将死的恋人用心做首饰那样；像极单薄的身影站在海边，平静地看着海的种种变化和波涛那样。他的写作，量也不可能很大，他以三部代表作得获诺贝尔奖，究其实，三部作品都是中篇小说，合起来也是不很厚的一本书；他写作的速度也如同高士鼓琴那样，不会太快，一招一式，多有余音，比如他被诺奖授奖词誉为"描写技巧在某些方面胜过了欧洲作家"的《雪国》，从开始发表到最终定稿，一部中篇，前后就耗去了十四年。

有评论说，川端康成小小年纪就被命运造就成了"送葬的名人"，"由此养成了一种内向乖僻的孤儿气质"。

三岛由纪夫评价川端康成："他是描写微小事物的巨匠"——在川端康成眼里，什么会是大事物呢？

在诺贝尔奖的致答辞里，川端康成说："有的评论家说我的作品是虚无的，但西方的'虚无主义'一词，并不适宜。我认为，其根本精神是不同的"——这应该是极其重要的说明和强调。

同样是在诺奖致答辞里，川端康成说到了佛教的"佛界"和"魔界"，说"佛界易入，魔界难进"，说对于一个艺术家而言，对于"魔界"，"既有所憧憬，又感到恐惧，只好求神保佑""没有魔界，便没有佛界""要入魔界，更为困难，意志薄弱的人是入不了的"——这其实都是了解理解川端康成很重要的钥匙，包括他最终的结局，都可以从这样的言论中得到些许答案。

马尔克斯

马尔克斯（1927年—2014年），哥伦比亚作家。1982年获奖。

获奖理由：他在小说中运用丰富的想象能力，把幻想和现实融为一体，勾画出一个丰富多彩的想象中的世界，反映了拉丁美洲大陆的生活和斗争。

说到马尔克斯，都不知道再说什么好了，中国作家说马尔克斯太多了，说福克纳太多了，还有卡夫卡、博尔赫斯等，感觉都是说得不能再多了。但马尔克斯，确实我也是喜欢的，又在这样的一篇文章里，就不免要说说，很多时候，某些人事，都是不免要说说。本来我有犹豫，我想说马尔克斯呢还是说略萨，略萨的《世界末日之战》我是非常喜欢的，但终于还是决定说说马尔克斯。说说马尔克斯的短篇小说。

马尔克斯的短篇小说，张口就能说出的就有《最近的一天》《纸做的玫瑰花》《世界上最美的溺水者》《巨翅老人》《礼拜二午睡时刻》等等等等。

他的短篇小说，即使你一时理会不到他在说什么，却有且看下去，不枉一看的感觉，比如《最近的一天》，一个牙科医生做上班的准备时，小儿子告诉他，镇长要来拔牙。牙医让儿子转告说他不在。但镇长已经听到了他的声音，并说如不给他拔牙，就让牙医吃子弹。其实牙医自己也是有枪的。镇长的脸，一边刮了胡子，牙痛的一边肿着，胡子多日没有刮了。牙医告诉他，给他拔牙，不能用麻药，因为他的牙床化脓了。不用麻药拔牙的时候，镇长经受了极大的痛苦。镇长在镇上已经杀了二十个人了。拔了牙，镇长看那牙觉得古怪，不相信就是这样一个东西让自己不死不活整整五天。他给牙医敬了个不成样子的军礼，让把账给他先记着。牙医问记在他的名下还是记在镇公所的名下，已经走到铁栅栏外面的镇长说："都一样。"

就是这样一篇小说，你说写了个什么呢？感觉写了很多东西，残暴如镇长，可以杀二十个人也没事，可以把私人的消费习惯性地记到公家的账上；大权在握，为所欲为，但是却被一个看起来显得古怪的牙齿弄到痛不欲生，因此还不得不求告到别人的门上；虽为牙医却是有枪的，而且就在手边的抽屉里，可以时时防患于未然；对霸凌的镇长，牙医是见也不愿见的；拔牙的时候，不给用麻药，是在借着职业的方便为民报仇吗？申冤泄愤吗？总之是像给牲口拔牙那样拔掉了镇长的牙。这种种意思都在其中的，但又觉得远不止此，像一个小的容器因为装配得当，装入了太多的东西，装入了太多的东西后还给人疏而不密的感觉，好像林地疏阔，可以通过马队似的，这真是一种可称神奇的能力。

即使没有这些人事，仅就是那个环境那个氛围，也是能予人一种特别的心境和体会的："星期一早晨，天气暖和，无雨""从窗口望了望天空，看见两只兀鹰在邻居家的屋顶上沉静地晒太阳""他看见了残破的天花板和一个落满灰尘、挂着蜘蛛卵和死昆虫的蜘蛛网"。

而将这样的人事置放在这样的环境里，其相得益彰的效果真是妙不可言。

《纸做的玫瑰花》里，瞎眼奶奶和她的情窦初开的孙女言语间的些许往还和小小冲突，既让人看到少女那脱兔一样难以把捉的种种心思，又看到饱经世事的盲眼老人那近乎巫一般的知觉力和洞察力，使那涉世未深的女孩不禁起疑，这深夜里的孤灯一样的老人，是否真的瞎着眼睛呢。

马尔克斯的小说，总是有着特别的人事，特别的意象，特别的氛围，然而他写奇奇怪怪的事情，却完全给人一种亲眼所见，完全写实的感觉，世界上最美的溺水者、巨翅老人，生活里没有这样的人的，但看马尔克斯这样写了，我们就觉得他们那里是有这样的事的，而且所谓他们那里，距离我们并不遥远，好像就在我们的邻村。当翅膀上的雨水干了的巨翅老人摇摇晃晃飞起来时，飞远了时，我好像是亲眼看见了，而且已经对他有了某种特殊的感情；当最美的溺水者使村里的男人们自愧不如心有不安，使女人们耳热心跳心猿意马时，我们也很自然地被带入到小说中，觉得溺水者带来的种种不安与躁动，可真是一个事情啊。

童年时听鬼故事，往往信以为真，吓得把头蒙起来也还想听，马尔克斯的小说使我们恢复到童年的信，我们已经见惯不惊，很不容易相信了，我们已经连有些新闻也不大容易信了，但我们却信了马尔克斯的巨翅老人、最美的溺水者等等，作家以其特有的禀赋诱惑了我们，以他非同寻常的写实能力赢得了我们的信任。这是作家的成功，是读者的福祉。

从马尔克斯的行文中似乎可以看到海明威对他的影响痕迹，就是那种电报体行文。马尔克斯对海明威是崇敬的，在巴黎的街头，还没有什么名气的马尔克斯看到海明威远处的身影，禁不住激情，手罩在嘴前喊了两声大师，海明威也向着喊大师的方向致意，回应说"再见，朋友！"。人海茫茫，两个大师竟只是这样的一个缘分。不过也是够了，还要怎样呢？

马尔克斯说，要说他的短篇小说，他最为满意的，应该是《礼拜二午睡时刻》。拜读了这篇小说，不止一次，我的感觉是，佛法不可言，好小说不可说，《礼拜二午睡时刻》就是好到不可说的小说。

米斯特拉尔

米斯特拉尔（1889 年—1957 年），智利诗人。1945 年获奖。

获奖理由：由于她那富于强烈感情的诗歌使她的名字成为整个拉丁美洲的理想的象征。

辛波斯卡

辛波斯卡（1923 年—2012 年），波兰诗人。1996 年获奖。

获奖理由：通过精确的嘲讽将生物法则和历史活动展现在人类现实的片段中。她的作品对世界既全力投入，又保持适当距离，清楚地印证了她的基本理念：看似单纯的问题，其实最富有意义。由这样的观点出发，她的诗往往展现出一种特色——形式上力求琢磨挑剔，视野上却又变化多端，开阔无垠。

把这两位伟大的女诗人搁在一起比较，一是因为她们都是以诗歌获得了诺贝尔奖，都是女性，另外作为诗人，她们真是太不一样了。

其实她们的获奖理由中已经说出了她们各自创作的主要特点，米斯特拉尔的诗中有着强烈的感情；辛波斯卡的获奖理由要长一些，看过她的诗后，觉得她的获奖理由也应该更长一些，而且我觉得于辛波斯卡来说，获奖理由就是对她的诗的最为确当的评论，她就是全力投入又保持着适当距离，就是既精确又变化万端，就是把看似单纯的东西展现出丰富意义，这些好像完全矛盾的方面，完全冲突和相排斥的东西，在辛波斯卡的诗里竟得到了奇妙的融合共在，而且形成了一种极大的张力和魅力，几乎使人叹为观止。

在我的阅读范围内，米斯特拉尔应该是最为深情的诗人了，她的诗甚至完全可以成为一种哭歌，有善哭的人，就哭说米斯特拉尔的诗，她会因此哭成什么样子啊：

"你对别人的亲吻，会传到我的耳边 / 因为深深的岩洞，为我传递你的语言 / 路上的尘土，会保存你脚掌的气味 / 我会像小鹿一样闻着，跟随你跑遍群山……"；

"如果你不和我一起行走，上天会叫你失去阳光 / 会叫你没水饮，如果水中不映着我的形象 / 会叫你彻夜不眠，如果你不是枕在我的发辫上"；

"哪怕你在长满青藤的路上行进，也会震碎我的灵魂 / 无论是山地还是平原，饥饿都会将你撕啃 / 无论在哪个国家的黄昏，晚霞都是我创伤的血痕"；

"尽管你在招呼别的女人，我仍在倾听你的声音 / 我会像一滴盐水，渗入你的喉咙藏身 / 无论你渴望、歌唱或仇恨，都只能为了我一个人"；

"如果你走了并死在远方 / 你要在地下等上十年 / 把手捧得像瓢儿一样 / 让我的泪水流到里面 / 你会觉得那痛苦的肌体，在使你全身发颤 / 直到我的尸骨全化成粉末，撒在你的脸儿上面"；

"人们把你放在冰冷的壁龛里，我把你挪回纯朴明亮的大地 / 他们不知道我也要在那里安息 / 我们要共枕同眠在一起"；

"我要让你躺在阳光明媚的大地，像母亲照料熟睡的婴儿那样甜蜜 / 大地将变成柔软的摇篮，把你这痛苦的婴儿抱在怀里"；

"然后我撒下泥土和玫瑰花瓣，在月光缥缈的蓝色的薄雾里，把你轻盈的遗体禁闭"；

"赞赏这奇妙的报复我扬长而去，因为谁也不会下到这隐秘的深穴／来同我争夺你的骸骨"。

——让如上诗句的每一个字化作滚烫的泪水，应该是很容易的。真是让人感慨，人的感情会强烈到如此程度，什么样的人，当得起这样的被爱。

比较于米斯特拉尔的字字情，行行泪，矜持又透彻的辛波斯卡的诗句里，可是一滴眼泪也找不到，像获奖理由中所说的，她的关注面要宏阔得多：

"我在构思世界，这是第二版／第二版，修改过的版本／它令白痴们发笑／令伤感者们痛苦不停／令秃子们拿起梳子／令狗都穿上皮靴"；

"我们的二十世纪本该／比以往世纪更加美好／但已来不及证明／在屈指可数的岁月里／它步履蹒跚／呼吸短促"；

"太多的不该发生的事／已经发生／而应该发生的事／却一件也没发生"；

"我们是时代的孩子／政治的时代／所有你的、我们的、你们的、白天的、晚上的事情／全都是政治的事情"；

"大雨滂沱，久下不停／躲入方舟／你们别处也可以去"；

"个人的激情／无关紧要的才华／不必要的好奇／范围不大的悲哀和恐惧／愿从六个方面去观看事物"。

——这样的一个辛波斯卡，你拿什么来打动她呢？在她那里，爱情会是一个什么模样和位置？

　　即使表达最为尖锐的问题，辛波斯卡也始终不失优雅；即使是在述说整个世界和全人类，辛波斯卡也显得不疾不徐，从容余裕。她的许多诗篇如《大数目》《一粒沙》等等，我都想背下来，在自己歧路彷徨，心小如豆的时候起一些很实际的作用。

　　辛波斯卡除了写诗，也还推荐过一些读物，比如我国的《三国演义》就在推荐之列，但是辛波斯卡认为小说中的人物太多了，她常常记混人名，而且使她不可理解的是，同一个人，一会儿叫这个名字，一会儿又是另一个名字（比如张飞又叫什么张翼德等等），构成很大的阅读障碍。在推荐托尔斯泰的妻子索菲亚的《回忆录》时，针对许多人对索菲亚的抱怨和指责，说她不够理解和支持伟大的托翁，辛波斯卡带着她特有的优雅和嘲讽说："我们只要把托尔斯泰夫人看成是一个（尽管她活得要长久一些）在床上、餐桌上和工作中并不很坏的伴侣就够了。"可谓辛辣到呛鼻。

　　辛波斯卡只写了区区二百多首短诗就获得了诺贝尔文学奖；漓江出版社出版的她的诗集大概担心太单薄，一并又收入了四十篇诗人的推荐读物和一篇访谈。这篇访谈不过五页，但是访谈的下面却特意注着"像这样的长篇谈话，对于不喜张扬的女诗人来说，可以说是仅有的一次"。

　　这些数据和信息都有助于我们了解这位特别的诗人。

　　辛波斯卡给自己写了墓志铭，在只有短短8行的墓志铭中，诗人说："在此长眠着一个老派的女人，像个逗点／她是几首诗歌的作者……"

　　让我们感谢上帝，首先感谢他造化了女人，造化了女诗人；感谢他既造化了米斯特拉尔，又造化了辛波斯卡。

法朗士

法朗士（1844 年—1924 年），法国作家。1921 年获奖。

获奖理由：表彰他辉煌的文学成就，它的特色是高贵的风格、深厚的人类同情、优雅和真正高卢人的气质。

选择法朗士多少有些犹豫，因为同时有不少我很喜欢的作家我想列在这里。自己限定了先写十篇相关短文，所以要搁在这十篇里的作家诗人就不得不一再有所斟酌，但最终还是选择了法朗士，是因为我觉得法朗士的精神气质里有一种使我入迷的东西，另外他的题材选择，尤其他的那种纪实性的写法，是适值中年的我特别为之动心的。

法朗士的小说里有大量的注解，其中涉及许多真实的历史事件和历史人物，这让他的小说在一定程度上给人一种历史小说或非虚构文学的印象。我国出现并强调非虚构文学，好像还不超过二十年，但早在百多年前，法朗士的小说就充分地体现出这一特征了。看他的小说，我有一种在法院在档案馆翻阅种种卷宗的感觉，好像要戴着手套，要备着放大镜来看。这样的写法，使读者有一种强烈的在场感，就像我们来聆听某一段往事的回顾，某一个案情的细致陈述，我们已经到场，氛围已经足够，而作者只是被精心安排的最合适的讲述者那样。这样写法的好处是，拉近读者距离，易于产生信任。而且比较于其他阅读，这样的阅读会成为一种很独特的阅读体验，好比多次的谈情说爱后，这一次是要真正地谈婚论嫁了。

对一个写作者而言，真正要达到这样的效果谈何容易。其实也是某些写作者的一种特有能力。

来看看法朗士小说的开头：

> 司法官以至尊至上的人民的名义所宣告的每一判决都具有全部法律的庄严意义。因此当叫卖小贩汝老姆·克兰比尔由于侮辱了一个警士在警察裁判所受审讯的时候，他立即就明白了法律是何等样庄严的东西。
>
> ——《克兰比尔》

> 衷伐利斯特·甘墨兰，画家，大卫的学生，新桥区（以前的亨利第四区）的委员，一大早就赶到从前的巴拿巴会教堂去了。从一七九〇年五月二十一日起，三年来，那个教堂一直是该区的全体大会的会场。
>
> ——《诸神渴了》

读着这样的文字，好像接下来我们要听的并非只是一段子虚乌有的故事，而是可以经得起核查的历史。阅读的时候，读者对作品参与的程度实际上是由其信赖作品的程度所决定的，一旦读者觉察到某种漏洞或不真实，则作者苦心经营的一切即尽丧其功。在《诸神渴了》的开头，像在派出所登记个人信息一样，除了确确凿凿的时间、地点、主人公的职业身份等等外，还说到他是大卫的学生，大卫，确有其人，同一书页的下边即注有大卫的简介。这样的写法能产生什么效果，自是不言而喻。

法朗士的长篇小说，篇幅都不是太长，《诸神渴了》的中译本不到 18 万字，而我最喜欢的《黛依丝》，中译本才 12.5 万字，然而不可解释的是，如此篇幅不是很长的小说，读完之后，却给人一种读了皇皇大著的感觉，我的看法，就是史笔的写法使作品有了这样的特点和效果。

《黛依丝》我买了好几本。我认可上海译文出版社1982年的版本，译者傅辛，好像傅姓人给我们贡献了好几个了不起的翻译家，傅辛先生外，也还有傅东华、傅惟慈等诸先生。我不买别的版本，就买这一版本，长期逛旧书摊，也是容易碰到的，只要品相还可，我都要买来。这是一种奇怪的癖好，无法对人言讲，每每看到，像在散学的孩子里看到了自己孩子一样，总不免目光自己就跟过去。我的想法是，好书买来可送人。然而像《梅达格胡同》《黛依丝》一类书籍，便是我手头有着多本，一旦拿来送人，也忽然就有了小气的毛病，而且不真正喜欢读书的人，我是不送的。曾经把一本上世纪五十年代版本的《哈吉穆拉特》送给了陈继明兄，看他当时并没有流露出特别的珍惜之意，我即有些后悔，多年来不能释然。说来爱书人多是能够理解的吧。

法朗士的《黛依丝》，写的是神父巴弗奴斯劝化风尘女子黛依丝的事，结果劝化成功，黛依丝幡然有悟，愿意皈依在神的门里，并甘愿静室苦修，但巴弗奴斯却在黛依丝的美貌和天性里深度地沉沦了。他成年累月高坐在神庙废墟的一根柱子上，或竟低伏在蛇蝎出没的古墓的石板上，"从清晨直到晚上，他始终把前额贴在石板地上不抬起来"，饶是如此，"黛依丝的幻影依然出现在他面前"。"一天，巴弗奴斯仿佛觉得他的面颊靠在一个女人的胸脯上，他不顾一切地抱紧了这个鲜花一样的肉体"——这样的精神苦修和现实诱惑相冲突相搏杀的素材，是我历来所倾心的。同样题材的书，我看到的有两本，觉得可称书中极品，一本是托尔斯泰的《谢尔盖神父》，一本就是《黛依丝》，托尔斯泰的《谢尔盖神父》就更是单薄，和鲁迅先生的《野草》差不多规模，这样一些小册子一样的书，却给人巨大的阅读享受和相当的启发思考，可以说是阅读过程中的某种奇迹。

要是读者能够和我一样喜欢，我愿意把《黛依丝》的开篇也摘引在这里：

> 在那个时候，沙漠里住了许多隐修士。这些隐修士亲手在尼罗河两岸用树枝和黏土造了无数简陋的小屋。它们相互之间隔着一段距离，使得住在里面的人，既能单独生活，在必要时又能相互帮助。屋顶上竖着十字架的教堂，稀稀落落地矗立在这些小屋中间。逢到瞻礼日，修道士就到教堂去参加宗教仪式和领受圣事。在尼罗河边，还有些房子，住在那里的修士都把自己关在狭小的单人小屋里，只是为了要更好地体会孤独的滋味，大家才聚到一起。

> 这些隐修士和修士过着节制饮食的生活，只在日落以后才吃东西，而且吃的仅仅是面包，加上一点儿盐和海索草。有些人，深入沙漠，把洞穴或者坟墓当作藏身的地方，过着更为奇特的生活。

> 他们人人清心寡欲，穿着苦衣，戴着风帽，守过长夜后方才睡在光秃秃的地上……

如果允许抄录，愿意一直这样抄录下去啊。

这才是我心目中的好文字，好文学。

高尔基说，法朗士即使嘲讽丑恶，也用的是"圣人的温和语气"。

愚以为，这是认识和了解法朗士很要紧的话。

拉克斯内斯

拉克斯内斯（1902 年—1998 年），冰岛作家。1955 年获奖。

获奖理由：他在作品中所流露的史诗般的力量，使冰岛原已十分优秀的叙述文学技巧更加瑰丽多姿。

阿莱桑德雷

阿莱桑德雷（1898 年—1984 年），西班牙诗人。1977 年获奖。

获奖理由：因为他那些具有创造性的诗作，这些作品继承了西班牙抒情诗的传统和汲取了现代流派的风格，描述了人在宇宙和当今社会中的状况。

把这两位搁在一起来说的原因是，他们身上各自有一主要特点，是可以鲜明区别于别的获奖者的，这就是，拉克斯内斯来自于北欧一个很小的国家冰岛；阿莱桑德雷则是从 22 岁开始即缠绵病榻，终生在与疾病共存和搏斗的同时坚持写作，这值得一说吗？作为创作者，这是可以来说说的，阿莱桑德雷的能够从事文学创作，能够获得诺贝尔奖，和他的疾病甚至有着一种因果关系。其实，疾病从来都是文艺创作者的一个神秘源泉和有效发动，不知道有没有在创作上取得辉煌成就，在身心上又特别健康的创作者。

对于拉克斯内斯的获奖，包括作家本人，都有过疑问：

"几个星期以前，我在瑞典南部旅行的时候，听到传闻，说我可能得到青睐，成为今年的诺贝尔文学奖的得奖人。独自在客栈里过夜的我百感交集，扪心自问：像我这么一个满腹辛酸的流浪者，来自全世界最偏僻角落的作家，乍然被诺贝尔基金会这样的机构看上眼，并征召到这个讲台上来讲话，到底意味着什么呢？"

"我也想到自己的国家，尽管只有十五万人口。"

——竟然是一个只有十五万人口的国家，承接如此的一份荣誉确实是有些过于隆重了。

诺贝尔文学奖评审会在其给拉克斯内斯的授奖词里也特别谈到，他们要把这份荣誉给这个国家这个作家的理由：

"冰岛能成为北欧叙述文学的摇篮，主要源于它特殊的自然与社会的环境。这种环境使它不会产生像中世纪那种教会与群众、知识分子与贫农之间的阶级对立，因为在那里，用拉丁文作诗或读书并非少数僧侣和教会人员的特权。还在中世纪时代，冰岛的民间教育便已十分普及，很多用乡土语言吟诵出的通俗诗篇容易通过文字记载而流传下来；正因为如此，这个位于海隅荒陬的小国家便产生了世界性的文学。"

——虽是小国家，却产生了世界性的文学。

在这块世界性的文学园地里，拉克斯内斯以其"对人类生活独到而又敏锐的观照""源远流长的叙述天才""成为冰岛当今最杰出的作家"。

——这就是把这份大奖授予冰岛作家拉克斯内斯的理由。

不用说，这个选择显得异常大胆和勇敢；而这个理由，又是再合理再充分没有了。诺贝尔文学奖就是这样，有时候给人的印象是它不按常理出牌，像是走了一步险棋，但当真正走出这一步后，你再细看，却越来越多地发现这样出棋的必然和高妙，由不得你要敬服诺贝尔文学奖评审会的这 18 个人，真不是吃素的，在全世界蚂蚁一样多的作家里，每年要搜罗出一个来成功亮相，这需要怎样的一份眼力啊，在我看来，那和夜观天象的眼力差不了多少。

由冰岛作家拉克斯内斯的获奖联想到冰岛足球队，实打实的蕞尔小国，由牙医、导演、房地产老板等拼凑起一个冰岛国家足球队，于 2018 年竟成功打入俄罗斯世界杯决赛圈，并且在首轮 1∶1 逼平有梅西的阿根廷队，这样的一个冰岛，真是让人拿它不知怎么说才好了。

冰岛人不但足球踢得厉害，据拉克斯内斯说，"尽管只有十五万人（拉克斯内斯获奖时的冰岛人口数），大家却那么爱读书""从我创作以来，对我的作品或赞美或批评，连片言只字也不错过""一个喜欢写作的人，能够生长在这种文学传统与风气这么优异的国家，委实是再幸运不过的了"。正是基于这样的一份文学传统和养分，在拉克斯内斯充满家国情愫的致答辞里，这位作家没有像别的作家那样，提及一连串要感谢要致敬的文学同仁和前辈大家，而是提到了他的亲朋好友，他的父亲母亲，尤其郑重提到了自己的祖母："我自然而然想起自己所有的亲朋好友（十五万人的国家，亲朋好友能有多少呢？），他们对我的影响，远远比世界上任何的大作家和前辈作家要来得大""每每想起自己的成长历程，我都禁不住要想起他们，像我的父亲和母亲""尤其是我的祖母，她在我还没有认识字母以前，便教过我好几百首冰岛古诗。她灌输给我道德准绳：别轻易伤害生灵"——读着这样的文字及信息，会一再觉得，把诺贝尔文学奖授予冰岛，授予冰岛的拉克斯内斯，于授受双方而言，都是多么体面的事啊。

口说无凭，来看看拉克斯内斯的文学身手：

"女儿很快又醒了，发现母亲不在身边……现在小姑娘回想起在北方，母亲有时候也整夜从床上不见过。……她半睡半醒地发现母亲不在，但她没有足够的想象力来弄明白这种消失的含义"；

"然而他们的第一次会面对沙尔卡来说，却是真正重要的一课，因为这个早晨穿袜子的时候，小姑娘注意到了从前压根儿不注意的事：她的脚脏得太不像样了"；

"她的心跳得那么厉害，因而读到第五遍时才明白了信的内容"；

"他望着注视着大海的姑娘的侧面……她并非是通常所说的那种美女，但她纯朴、坚毅的脸上，好像隐藏着自有海洋以来所生成的全部海盐的力量，她的胸脯均匀地、平静地起伏着，就像波浪的轻轻拍击，这里的整个山山水水仿佛就体现在她的存在里"；

"让我们看看我们在露水上的足迹，很快太阳出来就把它们晒干了"；

"当他拥抱她时，他闻到了她衣服上的鱼腥味，甚至她的亲吻也是咸涩的。说实在，她甚至连亲吻也不会，她只是半张着嘴，闭上了眼睛"；

"人们在爱情面前和在死亡面前一样，都是无能为力的"；

"阿尔纳里杜尔，我觉得，我爱你爱得更强烈了，要是你没有和别的姑娘……发生什么事，也许我不会对你爱得这样强烈"；

"她最后一次吻了他的嘴唇，然后从自己怀里把他放开"；

"人们围着沙滩上一堆灰色的东西，像在复活节之夜永远被冻住了……海浪从这一侧把西古利尔娜推上岸的，人们翻过尸体，让她仰天躺着，从海里浮出来的脸容显得非常严肃，无色的，眼睑浮肿的眼睛不知疲倦地固执地向上凝视着，似乎还在苦苦地诘问苍天"；

"海燕飞走了，海边空荡荡的，仿佛这里从未有响彻过它们的啁啾声，从没有见过它们美丽的身姿"；

…………

如上，系拉克斯内斯的长篇小说《冰岛姑娘》中的零星片断，这是只有十五万人的小国的文学吗？

接着说 1977 年获奖的西班牙诗人阿莱桑德雷。

阿莱桑德雷在 22 岁以前已经有了一份在西班牙铁路局的工作，诺贝尔奖授奖词里说阿莱桑德雷当时正"忙着对该局的津贴和保险问题大发议论"，但是到 1925 年，命运突遭逆转，热情如火的小伙子忽然患上了重病，关于诗人病况，诺贝尔奖授奖词和诗人的致答辞里都醒目地提到了，不知在所有的获奖者里算不算是个孤例。

授奖词里这样讲："1925 年，他患了严重的肾结石，不得不离开原来的职位，这件事改变了他全部的生活，他开始从事写作。"

诗人的致答辞里是这样说的："由于命运的捉弄，犯了绝症，我只好放下一切消耗体力的工作，迁居乡下，弃绝社交，为了填补空虚的心灵，我开始全心灌注在文学写作上……孤独的时刻是创作思考最好的时刻。"

得失之辨析，福祸之深味，在这里又是得到了充分的体现。

那么阿莱桑德雷的病情究竟严重到了什么程度呢？聊举两例可以说明：一、诗人终身未婚；二、1963 年，1969 年，1975 年，身为西班牙皇家语言学院院士的阿莱桑德雷三次获得"批评家大奖"，但是因为身体虚弱，三次都是由他的挚友帕德隆代为领奖，国内的奖都如此，远在异国的诺贝尔奖就更不用说，当然还是得劳动帕德隆再跑一趟瑞典，病情之不容乐观，于此可见一斑。不得不感慨，这样的病身子，竟得寿八十又六，几近米寿，也是一个奇迹了。这长寿的功劳，大半说来要记在诗这里，如果没有诗的寄托和滋养，这个人会活多久呢？当然命运是一个整体，不可以拆开来说的。

身体状况使诗人只好成为一个幽居者：

"独自留在岸边／不是上策，太孤苦伶仃"；

"他像居住在高楼里，却忘掉自己居住何层"；

"灼热的午时，你却独自躲在阁楼里"；

"不必在镜里寻找自己／过去不堪回首"。

缺什么向往什么，诗人对自己的幽居生活深有不满，常常是看着窗外，渴望着群体的热闹和生气：

"被人们裹进队伍里，受大家鼓舞／随人潮欢乐前进"；

"我望着他踏梯而下／勇敢地投入人群，淹没其中"；

"广场多么宽阔，带有万物的气息／这气息迎着旭日东升，裹着强风"；

"从阁楼里走下来吧，到人群中去寻觅"；

"这颗受伤的小小的心／它搏动的节奏／希冀赶上人群那颗跳动一致的巨心！"。

读着这样的诗句，感到一颗丰富敏感的心澎湃跳动的同时，也有着某种惆怅和辛酸。人群中的人所可能有的快乐，人群中的人未必觉得，反而是在不得不幽居者的观览和渴望里了。

然而幽居生活却让本具特殊禀赋的诗人更容易摘取到真正的诗的花叶：

"所有的光芒都带有 / 激情。光芒却是孤独的！";

"结伴的偶感，在那沙漠里 / 在那一轮悬挂的大月亮之下 / 生命延续不辍 / 在那两无限黑暗之间个体的存有 / 瞧着这愁郁的形骸 / 那巨大的人类之眼朝着我们升起 / 有恐惧，也爱着我们 / 而我们的嘴唇搁在怯懦的脸上 / 以两手环抱虚弱的躯体，而发抖 / 在无边际的广大平原上发抖 / 那里只有临近死亡的月亮发出光芒";

"像在钟店里 / 风拼命侵蚀 / 月，来自混乱的无底深渊 / 在此一对人类，你和我，相亲相爱的情侣 / 感到绵绵砂粒等着我们 / 永无止境是吗？";

"而今月又悬起，像是被人捏紧 / 眼前散发微光 / 而我看见你 / 而让我能认识你 / 你，我的伴侣，我的唯一安全 / 我的短暂安静，我的明确认同 / 而我有所感觉，而我存在 / 而让我把唇吻上你的额—— / 哦，我就有那种感觉——";

"发着烧你仍然在写作 / 这只赤裸的手 / 以最最细微的线条，叙述着善和恶 / 有时候忧郁，有时候坚定或者温柔 / 用的是颤动的光芒，最最乌黑的墨汁";

"在这里，骨头增加了 / 集合了：抓住它，拿起来 / 紧握住，写作吧";

"原谅我吧：我睡着了。/ 去死不是去活。让人们安息吧"。

——够了。已足够说明疾病在一个诗人的文字里会留下什么痕迹，会发出什么声响。

如果碰巧是个作家诗人，如果碰巧是个艺术家，如果碰巧命运不济，身心在疾病的长期熬煎中，如果一再祷告，噩运确实难免，那倒不如从高寿的阿莱桑德雷获得启示，好好利用一下自己的疾病呢。

莫言

莫言（1955 年— ），中国作家。2012 年获奖。

获奖理由：魔幻现实主义融合了民间故事、历史和当代社会。他创作中的世界令人联想起福克纳和马尔克斯的融合，同时又在中国传统文学和口头文学中寻到了一个出发点。

和只有十五万同胞的拉克斯内斯的获奖相比，以近十五亿人为其背景的莫言的获奖，所能激起的波澜和震动自是不能同日而语。设想一下，如果中国足球获得了世界杯冠军，会怎么样？那就会自然地形成和创造一个纪录，就是世界上诞生了一个新的世界杯冠军的同时，呈现人类史上规模和强度最大的狂欢节。这个狂欢节可以向往，还得等等，但是在中国这个其大无朋的水池里，说莫言丢过一个石块，激起过相当波澜，应该是没有什么疑问的。另外莫言也是第一个让诺贝尔奖的消息真正送达至中国这块古老土地上的人，仅此一点，功莫大焉。无论怎么讲，历史都会为之浓重地记上一笔。这是大家都清楚的。所以有些同代文人对于莫言获奖的种种叽叽喳喳，也就任他便了。

莫言是我向来就非常喜欢的作家。就在他获奖前一年，我曾作为团员，跟随他任副团长、铁凝任团长的中国作家代表团，在日本北九州参加了中日韩三国作家的相关文学活动。按议程安排，莫言有个主题演讲，主题演讲过后，指定作家参与讨论和发言，我正好和一个日本女作家被指定，做莫言演讲主题的讨论发言。于是就成了一个难忘的记忆。这是我和莫言的第一次见面，在成员不多的代表团里，我对他更多了一份留意。他是个与人为善的人，话不多，但是你和他交流讨教时，他也会显得积极主动，使你觉到他那种固有的本质上的善意。我是容易在任何傲慢者面前举止无措，于是选择敬而远之的人，但是对于莫言，却觉得可以亲近，比如我的背包斜了，自己不方便修正，莫言是那种一见之下，即可以请他帮帮忙的人。莫言不多话，但是轮到他发言，就算是即兴讲几句，也可以讲得很精彩。我们那一次的印象，好像日本人笑点比较低的，于是莫言的即兴发言往往就会赢得很多笑声。

　　和莫言一同出国仅这一次，不知他在别的国家受重视的程度如何，至少在日本，我是得见了的，匆匆几天日子，我们是被安排参观这里那里，但是不见莫言（铁凝因事提前回国了），原来莫言是被这个那个大学请去做讲座了。都知道官和官是很不一样的，比如部级和股级就不可并论，其实作家和作家也是很不一样的，那样的时候，我们就像一伙参加了旅行团的人，茫然着的样子，被带了到处蜻蜓点水到此一游。心里也是很服膺的，觉得这样的待遇正合适自己。而莫言，你就因为你的影响力忙乎去吧，辛苦去吧。好在讲课一类在他，好像小菜一碟，并无任何犯难处。

　　有三个印象比较深刻。一是，莫言军人出身，走路却有脚踩莲花，载歌载舞之嫌，因此受到了作家胡殷红的指点评论，说那样走法，当时究竟是怎么当上兵的？当上兵倒罢了，那么是怎么着走正步的？一是在一个什么地方，大家都写书法，写在小小的硬纸板上，爱书法的人见了纸笔都有些按捺不住的手痒痒，莫言当时写了不少，旁边的日本女孩看着照猫画虎，我看在眼里，记在心里，回国后给莫言去信一通，希望得到他的一幅墨宝云云。这也是莫言这个人给我的感觉让我做出的逾格之举，写作这么多年，我就和两个作家求过字。另一个深的印象是，一天晚上，主办方举行了中日韩三国作家朗诵晚会，朗诵的诗稿备为中日韩三种文字，人手一份，日本诗人高桥睦郎的诗给我深刻印象。记得我不识轻重，对着莫言做了比较点评，我说，论诗人的长相气质，中国第一（当时代表中国作家朗诵的是女诗人卢文丽）；论朗诵激情和现场感染力，韩国第一（韩国诗人朗诵了一首关于妈妈的诗，几乎要把人给弄哭了）；单论诗的优劣，日本第一。莫言听着，似乎在掂量我的话是否有理。

此后第二年，他就获得了诺贝尔奖。

记得很多年前，我给莫言写过一份电子邮件，说我很喜欢他的短篇小说《沈园》，后来又看了莫言很多小说，《沈园》自然还是喜欢的，但是莫言的短篇小说，老实讲我几乎无不喜欢，觉得极好的，也可以随口说出十数个篇名，他的《大风》《夜遇》《白狗秋千架》《小说九段》《左镰》等等，已成了我文学印象里常青不凋的风景。

常常和朋友说，比较于获奖前后，莫言是一个之前和之后区别不是太大的人。极少人能做到如此。好像是一句有些绕口的话，但正是我对莫言的重要的印象和评价。

有待深读的作家

索尔仁尼琴

索尔仁尼琴（1918 年—2008 年），前苏联作家。1970 年获奖。

获奖理由：由于他在追求俄罗斯文学不可或缺的传统时所具有的道德力量。

作家语录：作家绝对不能用超脱的态度去对待世事……倘若某个凄风苦雨的夜晚，在信任你的人中，有人睡眼惺忪地上了绞刑架，那绳索的勒痕必然会在作家的双手留下痕迹。

简短点评：这人的脸，像一件说头很多又颇富禁忌的陈列物。

帕斯捷尔纳克

　　帕斯捷尔纳克（1890 年—1960 年），前苏联作家。1958 年获奖。

获奖理由：由于他在现代抒情诗和俄罗斯伟大叙事诗传统方面所取得的重大成果。

作家语录：无限的谢意、感动、安慰、惭愧。——得知获奖信息的一刻，作家给瑞典学院发的电报。

简短点评：一把绝世好琴，被粗暴地不成样子地乱弹过。

罗素

　　罗素（1872 年—1970 年），英国哲学家。1950 年获奖。

获奖理由：表彰他捍卫了人道主义理想和自由思想的多样而意义重大的作品。

作家语录：在死的景象中，在不堪忍受的持续痛苦中，在消失的过去之不可变动中，存在着一种神圣性，一种难以抗拒的敬畏，一种浩阔深渊之感觉。

简短点评：他的不易动摇的理性，使他所讲的原本深刻的东西给我们一种难得的清晰感。

萨特

萨特（1905 年—1980 年），法国作家。1964 年获奖。

获奖理由：他那思想丰富，充满自由气息和探索精神的作品，已对我们的时代产生了深远的影响。

作家语录：我们同意康德的说法：艺术品没有目的。但是这是因为艺术品本身便是一个目的。

简短点评：萨特的眼神是特别的。他就用这样的眼神看着他觉得古怪的世界。

阿列克谢耶维奇

阿列克谢耶维奇（1948 年—　　），白俄罗斯作家。2015 年获奖。

获奖理由：她复调式的写作为我们时代的苦难与勇气筑起了一道丰碑。

简短点评：就像大疫期间的一个无资格证的大夫，冒着被一再感染的风险，单薄的身影背着沉重的药箱跑来跑去。

丘吉尔

丘吉尔（1874 年—1965 年），英国政治家、作家、画家。1953年获奖。

获奖理由：由于他在描绘历史与传记方面的造诣，同时由于他那护卫人之高超价值的杰出演讲。

作家语录：我们进入暴风雨和悲剧的时代。人类的力量在每个领域都增强了，唯独自我统驭的能力没有成长。

简短点评：有艺术天赋的政治家可能是希特勒，但也可能是丘吉尔。

蒲宁

蒲宁（1870年—1953年），俄国作家。1933年获奖。

获奖理由：由于他以谨严的艺术技巧继承了俄国散文写作中的古典传统。

作家语录：我觉得，瑞典学院选择我这样一个放荡不羁的人和作品，实质上是个很明智的做法！

简短点评：蒲宁的作品给我这样的感觉：寡居的贵妇在古老的镜子里缅怀一样地看自己。

蒙森

蒙森（1817年—1903年），德国历史学家。1902年获奖。

获奖理由：当今最伟大的纂史巨匠，这一点在其巨著《罗马史》中表露无遗。

作家语录：想象力不仅是诗歌之母，也是史学之母。

简短点评：比较于文学中的历史，更喜欢看历史中的文学，正好比读司马迁和蒙森。

黛莱达

黛莱达（1871 年—1930 年），意大利作家。1926 年获奖。

获奖理由：为了表彰她那些为理想鼓舞的作品以明晰的造型手法描述其海岛故乡的生活，并在洞察人类的一般问题上也表现出深刻和同情。

简短点评：多年前美好的阅读记忆。感到黛莱达关于遥远的撒丁岛的作品，已化为属于我的民间故事，可以一代代很有兴味地讲下去。

赛珍珠

赛珍珠（1892 年—1973 年），美国作家。1938 年获奖。

获奖理由：由于她对中国农村生活所做的丰富而生动的诗史般的描述，以及她的传记性著作。

作家语录：中国人的生活这么多年来也就是我的生活……我自己的祖国和我的第二祖国——中国，在心灵上有许多地方相似。

简短点评：她的书是写中国的。她也自认中国为第二故乡。但在中国并不多见她的书。中国人也似乎不从她的作品里重温自己。这总之是有些奇怪的相互关系。

不很合我口味的作家

辛·路易斯

辛·路易斯（1885 年—1951 年），美国作家。1930 年获奖。

获奖理由：由于他的描述的刚健有力、栩栩如生和以机智幽默创造新型性格的才能。

作家语录：我相信，现在你们早已知道，授予我诺贝尔奖金，在美国并没有完全受到欢迎。

简短点评：在美国获得诺贝尔文学奖的作家里，说不清为什么，路易斯是我读得最少的，也很少听到别的作家谈及这个作家。

柏格森

柏格森（1859 年—1941 年），法国哲学家。1927 年获奖。

获奖理由：因为他那丰富而充满生命力的思想，及所表现的卓越技巧。

作家语录：我衷心感谢瑞典学院给我的这份不敢奢望的荣耀……诺贝尔奖颁给高度灵感的作品。

简短点评：就一项如此影响深远的文学奖而言，柏格森的文字还是有些过于偏哲学了。

罗曼·罗兰

罗曼·罗兰（1866 年—1944 年），法国作家。1915 年获奖。

获奖理由：为了向他的文学作品中的高尚理想和他在描绘各种不同类型人物时所具有的同情和对真理的热爱表示敬意。

作家语录：必须有安静。我时时刻刻都防卫着我的安静。我曾为它抵御我的敌人，还特别为了它抵御我的友人。

简短点评：年轻时非常地喜欢过罗曼·罗兰，后来却觉得他的作品里的人物太过艺术化理想化了，好像餐风饮露，不食人间烟火。中年的眼光和趣味不知何时已悄悄地离开了这里。

克劳德·西蒙

克劳德·西蒙（1913 年—2005 年），法国作家。1985 年获奖。

获奖理由：通过对人类生存状况的描写，善于把诗人和画家的丰富想象与对时间作用的深刻认识融为一体。

作家语录：有一位批评家问道："把诺贝尔奖授给克劳德·西蒙，是想确认小说已经寿终正寝的说法吗？"这人似乎还没有觉察到，如果小说据他看来就是 19 世纪的那种文学模式，那小说才真的是死亡了呢。

简短点评：小说在克劳德·西蒙这里，完全成了一种形式上的探索和历险，而任何停留在形式层面的努力，都难以深度地持久地在人心产生共鸣，果然在获诺奖的热闹过后，克劳德·西蒙像一种当时很吸引人的行为艺术那样，终于还是沉寂了下来。但是这么多的获奖者里，给真正对形式感有特别兴趣和天赋的作家一个亮相机会，应该还是很有其必要的。

布罗斯基

布罗斯基（1940年—1996年），俄裔美国诗人。1987年获奖。

获奖理由：超越时空的限制，无论在文学上及敏感问题方面，都充分显示出他广阔的思想及浓郁的诗意。

作家语录：地理能为作家伸张正义，这是一个令人愉快的发现。

简短点评：把布罗斯基列在不合我口味的作家诗人里，我是很有些纠结的，其实他的部分诗作我还是很喜欢的，比如这首"包围着我的无数沉默的动词／像他人的头那样的／动词／饥饿的动词，裸体的动词／自己为主的动词聋的动词"我就非常喜欢。但整体上又觉得不亲切，像遇到流浪却又孤傲的异乡人那样。私心对诗人存有足够的敬意。我想之所以把布罗斯基搁在这一块，大概是因为，饱受磨难的诗人，像火焰在厚厚的冻冰中那样，使我不易得到烤火的方便和温暖吧。

石黑一雄

石黑一雄（1954年—　），日裔英国作家。2017年获奖。

获奖理由：他的小说富有激情的力量，在我们与世界连为一体的幻觉下，他展现了一道深渊。

作家语录：像你这样的人问题就在于，就因为上天赋予了你们特殊的才华，你们就觉得你们应该应有尽有，你们比我们其他人优秀，你们每次都应该排在前面。

简短点评：好像石黑一雄的小提琴也拉得不错，看他小说的时候忍不住总想，也许听听他拉的小提琴会更好。

爱丽丝·门罗

爱丽丝·门罗（1931 年— ），加拿大作家。2013 年获奖。

获奖理由：当代短篇小说大师。

作家语录：我其实三十六岁才出版自己的第一本书。而我二十岁就开始写作，那时我已结婚，有孩子，做家务。即使没有洗衣机之类家电，写作也不成问题。人只要能控制自己的生活，就总能找到写作时间。如果我二十五岁时就通过出版小说迅速证明了自己，那说不定倒是件糟糕的事情。

简短点评：用写长篇小说的笔法写短篇小说，使其短篇小说显得像过长的腰带。

莫里亚诺

莫里亚诺（1945 年— ），法国作家。2014 年获奖。

获奖理由：他用记忆的艺术唤起了最难把握的人类的命运，揭露二战时期法国被占领的浮生百态。

作家语录：我喜欢摘下眼镜来的感觉，眼前的一切朦胧地美丽起来，所有锐利的线条，人的分明轮廓，物的棱角边缘，都消失了，代之以柔和的光晕；所有肮脏的细节也被稀释，所有的声音被过滤，渐渐低沉，趋于温和，整个世界就像一个丝绒枕头一样，那么软，那么大，使我深陷其中，满足地入眠。

简短点评：读莫里亚诺的作品像是在实验室里看做实验，各种各样的玻璃容器和化学气味；或者是一大张密密麻麻的地图，拿着放大镜细读慢看了三天，也没能找到自己要找的地方。

说文解字

默【默】

黑狗为默。好像是一句骂人的话。谁不说话就是狗，不只狗，还是黑狗。在我国文化里，"黑"字总不如"白"字那么招人待见，比如黑老大、黑社会、黑心肠等等，就说明沾得黑字一般不是什么好事。黑狗为默，当然是近乎骂了。看来当初造字的人，对"默"是不大赞成的，而且已经开了骂口，说明他是赞成着不默的，赞成着开口来说的，不说就是狗，黑狗，你还默不默？

但后来不知什么时候，好像开始赞成不说，赞成"默"，所谓"沉默是金"，所谓"千言千当，不如一默"——即使说对一千次，也不如沉默对一次，可见默的被认可，可见默的近乎绝对的价值。由鼓励说到崇尚默，这之间肯定经历了什么，肯定经历了很多。习焉不察，熏染教化，使得我们今天看这个"默"字时，看不到"黑"，看不到

"犬"，就看到一个完整的"默"字，而且看起来深会于心，有一种难以言喻的熟亲感。

至于"转毁为缘，默雷止谤"什么的，已经是到了很高的境界，近于太极生两仪，两仪生八卦了。

诗【詩】

这个字我是想解释一下的，即使解释不出新意，也想搁在这里看上一会儿。

诗，在我看来，关键在这个"寺"字，言字旁，合起来就是寺里的语言，寺里的话。姑苏城外寒山寺，夜半钟声到客船。寺里的话是什么话呢？是"夜半钟声到客船"，是"诗"，"诗"就是夜半时分，来自于寒山寺的钟声，它是确实有的，是充分作用于心身的，是语言形成的高于语言的东西，是尽可解释又不可解释的。

子曰：不学诗，无以言。

影【影】

如梦幻泡影，如露亦如电，应作如是观。关于"影"字，我觉得落在这句话里，是它最好的归宿。

组词为"电影"也是很好的，这是因为我喜欢电影的缘故。

"如影随形"就不好，悄无声息鬼鬼祟祟的，不好，跟得太紧，克格勃似的，使人不安，不自由。

单独的"影"字我是很喜欢的，喜欢它的梦幻迷离，喜欢它的半实半虚，以实就虚。

给它的一个解释是：油灯照见的灵魂。

肥【肥】

给人的感觉，好像在火车上，一人坐了三人的位置，腿脚螃蟹那样支开来，霸着，使人拿他没办法。

瘦【瘦】

虽然笔画不少，但确实给人一种饥寒交迫之感，给人一种嶙峋之感，好像房子里面没有一件像样的家具。但比较于没什么好评的"肥"字，"瘦"字却受到意外青睐，好比"千金难买老来瘦"啊，"书贵瘦硬方通神"啊，等等。

如果可能，让"胖"字和"瘦"字打个擂台试试，输赢如何且不说，场面上一定很好看的。

稳【穩】

"稳定压倒一切。""宁做太平狗，不做乱世人。"如此等等，都在说明和强调着"稳"的重要。看久了的缘故吧，觉得这个字给人一种很牢靠的感觉。其实不然，其中有个"急"字，急则不稳，急则乱，情势危急，"急"和"危"是连在一起的。由此可见到造字者的深心和远虑。

"急"而外，构成"稳"字的还有一个"禾"字，"禾"者，庄稼五谷也，算是望文生义吧，我觉得从"稳"字的构成里可以看到的寓意是，要得稳，起码先得有吃的，如果一口吃的也不能保证，稳即谈不到。尤其老百姓，别的都好说，等到要逃荒要饭，要卖儿鬻女，揭竿起来的时候也就到了。

荣誉【榮譽】

总觉得荣誉是个多余的东西，尤其上了年纪，见多了荣誉后，于荣誉已有些不大热心。

荣誉，我的解释是，成就所对应的一种名声。是果实的投影。

但是有时候并非果实，而是貌似果实的东西，其投影和真正果实的投影并无两样，这就坏了荣誉的名声。对荣誉不大热心的原因也与此有关。

糖【糖】

酸甜苦辣辛，种种滋味里，对甜似乎先失了兴趣，尤其甜腻腻的文章，读来好像生了牛皮癣似的。

记得小孩子的时候喜欢吃糖，现在早不是那时候了。而且一个记忆是，吃糖的时候欢喜，吃完糖后，嘴里会苦起来，好像是对吃糖的一个报复和惩戒。

但有一次吃糖的感觉却是不错的，就是喝着一种极苦的茶，于是在茶里搁了两小块冰糖，那种极苦中一丝隐约的甜味使人印象深刻，感觉是一种特别的愉悦。

监视【監視】

最令人不自在的事情之一。

随着技术进步，手段多样，这方面的发展和发达是可以想见的。

当大家都被监视得如同裸体的时候，技术的极大进步使人们好像回到原始模样。

吉【吉】

士人之口为"吉"，什么意思？

反过来讲，士人无"口"便不吉。

福【福】

有衣穿有饭吃就是福。

多么朴素的人的愿望。

但是很多时候这样的"福"人是享受不到的。以至于大姑娘出门没裤子穿。以至于啃树皮吃。

所以同样是人，但不同时代的人确实是不一样的。一个时代富足到可以扔掉的东西，一个时代可能求都求不到。

火【火】

一个大喊着跑动的字。

一个自带警示之用的字。

骨【骨】

一个荒败的不知名的小小的塔。

一个作废了的注射器。

一个确实像被剥了皮的字。

脸【臉】

不好意思，看到这个字先想到的是"面具""遗容""殓"什么的，可见自己的心理状态之不良。

脸——凭借想象，想象出一张脸（谁用都可以）来，发现这脸很小，很小，要不安地、仓促地缩回无限的虚无里去。

脸是人身上的一块蛮荒之地，寸草不生。

谎【謊】

一堆茅草乱蓬蓬，蓦地烧天蓦地空——这字让我想起这诗来。

谎言肯定有巨大利益，不然人们不会这样子拼了命来说谎。

有时候谎言会像瘟疫一样蔓延充斥，但是找不到谎言的来处。

深陷谎言中的人们走路像鬼打墙。

谎言使人们一个个有被掏空了的感觉。使他们凭借一摞摞白条生活。

谎言的根源是一个巨大无朋的真实，这真实是唯一的真实，不可撼动。

谎言就是荒地上的语言，像从荒地上收获不到什么一样，荒地上的语言也是不可收获的。

谎言就是一个高高挑起的幌子，谁知道里面真正卖的是什么。

跪【跪】

这个字告诉我们：总是跪着不起来是危险的。

这个字给我们一种庞然大物却跪着的感觉。

钱【錢】

钱是个好东西——这样的感慨是容易听到的。

没啥不要没钱，有啥不要有病——听听人们的总结，可谓真谛。

人为财死，鸟为食亡；君子爱财，取之有道——关于钱的分析和告诫真是太多了。

囊空恐羞涩，留得一钱看——就算是贵为诗圣也会因钱难堪。东坡居士一代风流，也须劳心运思，在屋梁上把它挂上数串，计日取用。

人与这个阿堵物的关系，可真是一说再说，不说不行，欲说还休。

但好像有一个现象，即由古到今，钱姓人氏易出大人物，而且一旦姓钱，即也不甚缺钱，至少不必跌在"人为财死"的古训里，不能不说是沾了姓氏的好处。

天【天】

再大大不过天。

武则天气焰颇盛时禁不住自名为"曌"，死后碑上一个字也没有。

党【黨】

这个字的繁体看了让人心惊肉跳，哑然失笑，因此把它变作简体这个模样是可以理解的。有朋党之争的典故，有君子不党的古训。

群【群】

由"君"和"羊"构成此字，然而一旦成群，即只见羊多，不见君在。

写起来好像一群羊最顺当，不信试试，写一群狼，一群人，一群这个那个……确实还是写一群羊顺溜。

牛羊成群，天下太平。

灵【靈】

我在以前的随笔里写过这个字，释义为"火上的雪"，得来全不费工夫，顺手四两拨千斤。"灵"就是"火上的雪"啊，写实笔法，尽得写意之效。

它的繁体有些复杂，千佛洞似的，很有些神秘主义的意思。

肉【肉】

模样难看的字之一。

无论男女，长成这模样都不好找对象。

就像在屠户店里挂着的样子。

尔【爾】

还是"你"的意思，但是去掉了人字边，就是明摆着把你不当人。

"尔安敢轻吾射"——听听这口气。

繁体又有些太隆重了，像个权势人家的大门。

安【安】

无女不安，有些牵强，细想却是有道理的。

女人的存在，是用来充实和安抚这个世界的。女人是水做的，男人是泥做的。烂泥扶不上墙，水利万物而不争。看似说得杂乱，其实句句有道理。

马【馬】

还是繁体字更像马些。

简体字的"马"是卸了鞍鞯辔头的马。

鸽【鴿】

想起杨修先生一人一口的话来，不禁股颤，"鸽"字看似温和，实带杀机。

的确，鸽子很容易被吃了的，看不出它身上有任何反击力。

大型集会的时候，会抛出很多鸽子飞上天空，一时万众动容，但是想想，那一只只飞上天空的鸽子后来都飞去了哪里，还不是飞到人嘴里去。

众【眾】

三人为众。

繁体不是这个样子。但简化为现在这个样子，还是有些美中不足。

众的意思不必多言，一看就能明白，但是社会发展至今，还让少数人在多数人头上生活，这样的"字"看似羚羊挂角无痕迹，其实是包含着恶意的，不可不察。

活【活】

舌能生津，就证明还活着。

会匪夷所思想起老子来，脑子里出现一画面：老子张开嘴来给人看，牙确实没有了，但舌头还一探一探地给你看，表示着刚强死，柔弱生的硬道理。

蛇【蛇】

从右至左拆开来念，"它是虫"，其实也没有说错，它就是一种虫而已，但是这个虫是太可怕了。

世人因此可以分为两类，一类是怕蛇的，一类是不怕蛇的，这两种人肯定有某种很不一样的东西。

我是怕蛇的。

我小姨长得很好看，但是不怕蛇，十多岁的时候，就在我家后院捉蛇，摔死了挂在树上。小姨的好看因此有了某种神秘感。

我很害怕的一个事是，拉开被子看到蛇，或者要穿鞋，却有一只蛇在鞋里面。

吃【吃】

每吃一口，都难免带些乞讨的意思。

是这个意思吗？

总之人生在世，吃是很不容易的事。

要说人人都是乞食者，这就是很辛酸的话了。

乞而得食——明白无误地把这一点表达出来，虽然难免沮丧，但也承认也真是这么一回事情。

上【上】

忽然发现，"上"和"下"是同一个字。就看你站在哪个角度看了。

当然很多时候，并不只是角度问题，事实会很强烈地证明给你看。

手【手】

像个司空见惯的农具。

药【藥】

疾病与卓木的一种约会。

既然是约会，就需要缘分，有时候约得到，有时候约不到。

就像人间的夫妻关系，多是凑合着过日子一样，药和疾病的缘分一般而言是很浅的。吃了很多药，未必吃到病上。

那种一见钟情，一剂而愈的事从来都是稀见的。

惨【惨】

看这样子就觉得"惨",像把一个笔画很多的字凌迟着似的。

愈【愈】

此字有多个意思，就"痊愈"的意思讲，就是说，要得痊愈，好的心态必不可少，而且"心"在"俞"下，说明一切康复都需要好心态的支撑。

无病之人会觉得这样说好似一个文字游戏，但对真正受病痛折磨的人，却觉得这是开茅塞的话，而且苦恼于尽管知道，却不易做到。

烂【爛】

就看和谁搭档，自己的好坏几乎完全取决于搭档，比如有"破烂""烂货""捡破烂儿""烂泥扶不上墙"等等，也有"灿烂""绚烂""王质烂柯"之说，可见和人需要慎于交友一样，字在寻觅搭档的时候也需要多些谨慎。

谨【謹】

组词为"谨慎"。觉得这两个字搁在一起使人有些莫名的发紧的感觉，像被绳子捆着了，不得自由。

觉得这两个字与其紧挨在一起，不如分开了好，分开来看，就像看孩子从学堂里出来到操场上那样。当然，即使到操场上他们也都是好孩子。

操【操】

有些字单独着不好，如果是男的，就得赶紧给他找个老婆；是女的，就得火速嫁出去。像这个字，单独着就很不好。

猜【猜】

在以"反犬"为偏旁的字里，"猜"字有些出淤泥而不染的意思，是家族里的一个变异。任何时候任何地方，变异都是存在的，这既是一个事实，也几乎可以成为一个信仰。

胡【胡】

宁愿把这个字解释为古时候的月亮。
姓胡的人里最欣赏胡耀邦。

喜【喜】

这是一个爽心悦目的字。
爽心悦目的字里，这个字可能排第一。
所以结婚喜庆的时候，往往都会写很多的喜字。
但最近在微信里见到一种"喜"字的新写法，粗看确实是个喜字，细看，却发现这"喜"字由四个"苦"字组成，这就有些来于生活高于生活了。

口【口】

可作量词，比如一口人，三口猪。

这样写着，忽然觉得有了一个发现，说到马，一匹马；说到牛，一头牛；说到蚂蚁，一只蚂蚁；说到蛇，一条蛇……等等，都和人不同的，和人共享同一量词的不是虎豹鹰隼，竟是猪，这是什么意思？

不知谁出的这个主意，做的这个决定，该问问他才是。

马【馬】

可奇怪的是，"骡""驴""驼"等等里面，都不可或缺地有一个"马"字，但"马"里面却没有它们任何一个，"马"单单独独就是它自己。

有意思。耐寻味。

就像说很多人离不开某个人，某个人却不需要任何人，举个例子吧，就好像曹雪芹不必要红学家，红学家却离不开曹雪芹。

人【人】

比"一"多了仅仅一个笔画的字。越是看上去简单的，越是说不清楚。

从这个字的造型看，它一直处于动态中，一直在走，大步流星，往哪里去？不知道。看不到路，只看到在走。

人就是劳碌的命。

如果收住脚不动，反倒是一个好事情。

但要动的，不动就不是人。

骷髅

两个风干的遗体。大概三十岁以后，我常常拿这两个字救我。

拿【拿】

在我看来，这个字里面含着一种允许和告诫：

可以拿，但不要拿得太多，拿走你的一份就行了，记得留一些给别人。

微信

从字面解，小信息的意思。也有小道消息的意思。

中国人忧患意识深重，可解为：微信不微。

现在"微信"已成了一个人人皆知的固定词，2011年1月21日由腾讯推出。不知之前有没有这个词。之前要有这个词，之前之后的意思和影响力自是大不一样了，比如之前是朱重八，之后就成了明太祖。明太祖朱元璋未出道时，曾名朱重八。

空【空】

繁体简体大致一个模样。

我想把这类字寻出来，从中找出一些规律和说辞来。有些字没有被简化是不能被简化吗？是不可以被简化吗？这个寻究一下是有意思的。

渐上年龄多经世事后，这个字也成了一个我喜欢的字，可谓渐识其味。

空空道人——希望在车水马龙万头攒动中能看到这样一个人。

空不异色，色不异空，指空说有，空空如也——这样一些说法读来口舌生香，心有灵犀，时不时念上一念，有心身为之一快之感。

虫【蟲】

"虫"字繁体为"蟲"，由"蟲"而"虫"，既能看到遗传和继承，也能看到变化和发展，看着这种继承和发展，觉得有意思，觉得幽默而多意味。

毒【毒】

因为造字者是男性，就把这字造成了这样子。性歧视的意思一眼可见。最毒妇人心的说法，可看作从这个字引申而来。

实际上只需翻几页史书就可以知道，天下恶事，男子干了多少，女子能干多少。想到把女子的脚曾经掰折成那样，还美其名曰什么什么，须眉汉们真是怯懦透了恶心透了。

灭【滅】

只说简体。上面那一横就像炉盖，一压，就把火压住了。但火如果旺烈，就会烧红炉盖，使那炉盖也好像着火了，成了火的一部分。

这当然不是这个字的本意，该字的本意是，上面一压，下面就没有火了——是为灭也，灭得只剩了上面那狠狠一压。

头颅

说不清为什么，比较于头、脑袋、首级等等，更喜欢头颅这一说法，头颅掷处血斑斑，喜欢这样的诗句。其实我是极怯懦的人，但眼见的龌龊事混账事多了，也禁不住一时气血猛烈，想把这样的诗句放任地喊上一声。

信【信】

一边是人，一边是说，在我看来，就是说人话的意思，取信之道，请说"人话"。

脑袋【腦袋】

照字面解，即装脑的袋子。这解释有些煞风景。

有两个说法较常见，一是"拿脑袋担保"一是"掉脑袋的事"。这两个说法有意思之处在于，同样的意思，但你不见说"拿首级担保"，也不见说"掉头颅的事"，有些专词专用的味道。何以如此，必有缘由，究其缘由，不得而知。

还有一个说词是"脑袋掉了碗大个疤"，不好说成"头颅掉了碗大个疤"。

关于脑袋大致就说这些，补充的一点是"不怕脑袋乱思量，就怕长官拍脑袋"。

买卖【買賣】

繁体的这两个字里，都有个宝贝的"贝"字，堂皇地在那里，显得很醒目，似乎暗示我们，一切买卖，关乎宝贝。简化字后，宝贝的贝不知所终，无论"买"还是"卖"，都搞了一个人在那里探头探脑，望风瞭哨，好像在做见不得人的什么事似的。

批判【批判】

本义大概是说书生读书时候的批注判校，是一个很技术很温和的说法，后来就有引申的意思出来，围攻指斥，情绪强烈。我的看法，到"文革"时，这两个字已经大成气候，有了手雷大炮一般的威力，至今来看它们，好如白日见鬼，不免两股战战。

小【小】

收束缩敛，看它模样，就不是"大"。不怕小，怕小人。但每个人身上都有小人成分。小人和小人物是两回事。

年过半百，经事已多，很有些老于世故了，所以比较于大人物，愿做小人物；比较于小人，也是愿做个小人物。

书生【書生】

在我看来，世上最好听的称呼之一。脱口而出的是"无用书生"或"书生无用"，是谁做了这样的定论？这个所谓的"用"又是什么？

无所不用其极——是其中的这个"用"吗？

但是，还有"书生报国"之说，范仲淹、文天祥、王阳明等等，都是书生报国的典范。然而书生报国，结局未必都好，比如谭嗣同，报国至死，近于白死。鲁迅先生小说里的夏瑜，为民众呼号而死，好不容易坟头出现一个花圈，鲁迅先生不得不说出实情：虽只一个花圈，也还是作者老大不忍，自己在小说里放了一个，至于现实中的坟头上，是没有这样的东西的。

即使如此，书生报国的传统也还是烟火不灭，即使当下，割了舌头还说的人不会太多，绝非没有。

太【太】

这是极具重感的字，比如太阳、太阴、太极等等，给人一种根深本固，丝毫不可移易的感觉。这样的字，可视为字里面的王。说来太字只比大字多了一点，然而多此一点后，分量已完全不同，把太阳叫作大阳，把太极叫作大极试试，需要赶紧改回来才不算冒犯。

当然比大字多的这一"点"必须搁对位置，搁错了位置也是很麻烦的。

坟【墳】

这是我感觉亲切的一个字。常常想起鲁迅先生以此为名的一篇文章。还有印象比较深的一张照片，是鲁迅先生在厦门的一个坟园里照的，荒草凄凄，先生倚着一个墓碑，好似微笑的样子，使我心动。

坟地是人间一个特别的所在。

我对"坟"的解释是：土里面埋着文人。这确实太有些一厢情愿了。

死【死】

繁体也是这个样子。可见造字的人对这个字是有相当成见的，又是"歹"又是"匕首"什么的。

其实死不过是对生的收割。

与"死"同义的"亡""逝"等等都要比"死"平和、达观、透彻得多。"死"有些咬牙切齿，作恨恨声的意思了。还是经事不多的原因吧。生固宜然，死也不错，对熟视生死的人来说，生死之间的那个模糊地带其实是很宽大的。

英国作家吉卜林在他的一部小说的开篇即说：某某某不能说死，但也不能说活着了。这也是给我印象很深的话。

史【史】

这字给我的感觉就是"深重的痕迹"。像犁地那样，有时候在沃土里犁耕着，有时候在比顽石还硬的地上犁耕着。

史家绝唱董狐笔，人们对好的文字有一评价，道是：近乎史笔。

蚂蚁【螞蟻】

近乎神虫，力大无穷。

在一篇文章的跟帖里看到这样一句："文字被蚂蚁吃光了。"莫解其意，却被触动。

井【井】

严防死守一张嘴。

田【田】

豆腐切四块，一人一小块。

敢【敢】

多用耳朵，是为文人。

圣人云：勇于敢者则杀，勇于不敢者则活。

说【說】

说了就要兑现。

灾【災】

房子着火，火大房小。

草【草】

每根草下面都有个小十字架。

我【我】

一点在后面，找到就是我。

天地人【天地人】

此三字均无繁体，生出来什么样就一直什么样。

火【火】

长得大致就这个样子。

心【心】

也没有繁体，看似简单，却也复杂。

一【一】

最简单最深奥的字。

主【主】

王上一点为主，喻其大也。
那一点是什么，颇费斟酌。
我的同学马海宁，书法家，写"主"的篆体，宛然一盏灯的样子。

它【它】

一把赫然在目的刀子显出它们的共同命运。

噩【噩】

骷髅的样子。
另解：王的耳目太多，并非好事。

孔【孔】

就看后面跟什么字，若跟"丘"，就不是什么好话；跟"老二"，已经破口骂着了。

跟"子"便好，万世师表，肃然起敬。孔子者，孔先生也。说到先生，无疑此处是第一把交椅。

云【雲】

繁体云上有雨。
雨要到地上来，需透过云。
现在却只是单单剩了"云"而已，已经没"雨"什么事。

皇【皇】

就算是王，也是白白一场。造字的人在这里搞平衡玩阴谋，小肚鸡肠可见，其实王还是不得了的，皇就更不得了。造字的人未必不知道，趁着造字的方便，安慰了自己一下罢了。

万【萬】

喻其多也，使人不安，有一种哗变之感。
头上随便搁上一点，方方正正，这一来就稳当了。
由此来看，这一点有点石成金之效果。

黑【黑】

它就是这个样子。
它不会是别的样子。
即使完全不识字，也不会把它认成"白"。

窃【竊】

歪瓜裂枣，一看就不是什么好字。窃窃私语——生就一副偷偷摸摸鬼鬼祟祟的样子。

国【國】

繁体里面是个"或"字，"或"是个虚词，意思也有些模棱两可，搁在方框里担负那么大一个名声，有些冒险了；简体字就把里面弄成了实词，还是好东西，是"玉"，虽则是"玉"，也还是有些勉强，不副社稷之重，然而习惯了也就是它了，也没人讲什么，反正比包了那个虚词要好。

但记得有一段时间，又弄文字改革，不但实词没有，连虚词也驱逐了，就剩了一个空壳子，这空壳子也称作"国"，好像有几年，大概觉得不像话，大概觉得一"国"给弄得里面什么也没有不好看不说，也不吉利，于是又改回来，还是"玉"在其中。老实说，这样子看着，心里也踏实些。

鞋【鞋】

就是皮革包了脚在土上走呗。

欢【歡】

不说繁体，只说简体，"欢"字，当然是好字，看着听着都舒服都高兴，欢乐，欢喜，欢好何似，人活一世，求的不就是个欢欢喜喜吗？但是这个字有迷惑性，不信拆开来看看，说是"欢"，但"又""欠"了一次，欢好一次，便"欠"一次，这是什么鬼道理，但细想深想，又好像揭穿谜底，从深处显出一些道理来。

理【理】

开宗明义，就是说，"理"不在别处，"理"都在王那里。有理行遍天下，无理寸步难行——书上有，世上无。

后【後】

繁体简体区别较大，看不出血缘关系，但据说"皇后"的"后"就是这个简体，不能写成繁体，写成繁体，在有皇后的时候，不但不成体统，可能还引来祸端。关于"后"字，不知为什么竟牢牢记住了这一点。

忍【忍】

忍字头上一把刀——常听人如此讲。中国文化里的精髓部分。然而觉得这不是什么好字，凡是劝你忍还是自己咬牙来忍，都不是什么好事情。后来把自己忍得不男不女，不僧不道，就模样说，也不好看。

途【途】

走字边里头一个"余"字，说明路是走不尽的。无计坎坷平坦，总之都是走不尽的。

怒【怒】

是一种严重的不良情绪，是不良情绪对"心"的支配，使"心"沦为了情绪的奴隶。

平【平】

从字形看，没有什么绝对的平，"平"其实是一种高度的平衡。

秤【秤】

无来由喜欢这个字，会自然地想到一些说法：言不二价，童叟无欺，公买公卖，老百姓心里有杆秤，秤砣虽小压千斤，等等。

合起来是一个好字，分开来是两个好字。这是字里面的君子。

从字面看，大概人们刚刚互通有无的时候，秤量的是庄稼粮食一类吧。

过【過】

只说简体，"过"，哪怕多走"一寸"，也是过了，过犹不及。

问【問】

从字面看，这字的意思可理解为"入门方开口"，是对问者的一个告诫和要求：若要问，先入门，不入门者且免开尊口。离门十里八里远，你问什么呢？不如先找到门，先看到门槛，这才开口一问。

器【器】

有话说，君子不器，然而且不说君子，能成为"器"就不易，一器一用，不至于成为废物。

这是就其"义"来讲。

说到形，这字是有些怪的，幸好有四块方砖四面支应着，不然看它四仰八叉，缺齿漏风，真是有些不稳当。不知它当间弄一只不成样子的狗是什么意思。

总之一旦为器，照这个垒积木的样子，是很容易塌毁的。

说的也是"有形不寿"的道理。

师【師】

这个字好像只能是这个样子。一般来说，这字的意思也是固定的。就那么个意思。

但也叫过师师，把皇上都惊动了诱惑了。

翻过这一页不说。

"师"有不好的意思，"好为人师"便是，但好的意思更多，师者，传道授业解惑；三人行，必有我师焉；能者为师；一日为师，终身为父；师造化；等等等等。当然也有个"无师自通"的说法，但这样的好事数不出来几样。所以生下没几年就要寻师学艺。

这是字里面一个有特殊地位的字。和它像孪生子的一个字是"帅"，帅者为师，这话年轻人或许爱听的，但真正有学问的人听了，大概会觉得不伦不类，大摇其头的。

封【封】

我主要是盯住了被合围的那一点，我看看它有无出路，看看它有无可能逃出来。但是，它好像逃不出来，要知道字是活的，不是死的。

你一动它也要动。你是动不过它的。

虚【虛】

虎字头，下面有业绩支撑。怎么讲这也应该是一个实打实硬邦邦的字，却最终落在这样的意思里。由此也看到中国文化即黑即白，指实道虚的一面。就像一只篮球，充足气后，拔出气芯，一下子就泄得光光的。

日久受影响，看这个字，不容易看到"虎"，不容易看到"业"，就看到"虚"，好像一个"虚"的整体，会吃掉所有构成自己的"实"。

佛【佛】

"弗"，否定词，同"不"。

望文生义，对这个字的解释是：既否定人，又与人难脱干系。

而且"弗"在"佛"中显然占了很大的一块，把"人"几乎挤在了边缘甚至门外，可见对人的否定之厉害。否定的目的还是为了肯定，要是搞清楚在强力的否定后所肯定的东西（姑且如此说），应该是有意思的。

三大宗教里，对现实人生（即人的生活）否定最力的，似应属佛教，比如要出家为僧为尼，比如要"跳出三界外，不在五行中"，等等，这个寓意幽邃，不可妄议的。

闻【聞】

门里面一只大耳朵，当然是"听"的意思了。对耳朵的限制，总没有嘴那样多，嘴几乎到了动辄得咎的地步。比如在门里面搁一张嘴，使之成"问"，显然嘴就要比耳朵小心得多，比较于耳朵的大大咧咧绝少顾忌，嘴是小心多了，即使不是说，即使仅是问，也是开着一张小口。所以不同的文化里，给予五官的待遇和尺度是不一样的，"闻""问"比较，可得启示：尽管听，少开口。

说到五官，多说两句，五官里，最劳苦的是眼睛和嘴，最闲逸的是耳朵和鼻子，谁见耳朵鼻子忙碌过？这两样总一副姜太公钓鱼，愿者上钩的样子，有时候简直像高僧入定，挂了免战牌。

真【真】

我把这个字写对，是近两年的事，一次岳父来我家，让我毛笔写一幅大字他送朋友（也只有岳父如此抬举我），写好后岳父指着其中的"真"字说，是否少了一横，他记得里面是三横，不是两横。赶紧查字典，这才发现，几十年来这个字我一直写错着，一直里面少着一横。教训深刻，当然铭记不忘了。

我就想，在实际生活里，在更为漫长的时间里，要把这个字实实在在分毫不差写对，实际是很不容易的。真作假时假亦真，越是强调唯真是求的时候，越是见得假货充斥。好在只要真在，不怕假多，正好比"千年暗室，一灯即明"。

忙【忙】

竖心旁加"亡"字，合成"忙"字，从字面解，似乎不大妙，会解释成：无心才忙。或者是：所谓忙，就是一个丢失心灵的过程。这样的解释不只无益，反似有害。看到一种说法，道是：最好的养生就是让一个人忙起来。这两种观点狭路相逢，不免要打起来。但我国文化的博大精深处在于，很多时候都是忽略枝叶，直指根本；也重视局部，但更强调整体观，要是把"忙即丢失心灵的过程"搁在莽莽苍苍混沌未明的中国文化里来看，似乎又是可以说道说道的。

悲【悲】

从该字的构成看，看不出它的含义会是怎样。非心？非心是什么意思？就算换成心非，也还是理会不出什么。

然而从长相模样看，这个字是够惨的，好像生命只剩了一堆排骨和一颗压抑的心，这当然是够悲苦的了。

难以言喻，我对这个字有莫名的亲近感，大概觉得它是体现了人生的某种真实。我有时觉得看一些类似这样的字，会给我一种说不清的慰藉。

用这个字组词，比较于悲壮、悲怆等等，我更喜欢悲苦，最喜欢的是"大悲咒""悲欣交集"，我知道这样的喜欢里寓寄连带了太多的东西。

隐居【隱居】

世上好像没有这样的地方。那么多的隐居者都让我们知道了。

孤独【孤獨】

百岁老者的彻骨感受。

世界【世界】

好像是在说大和无穷，实际上是在说范围和界限。世界世界，界限以内的部分，大无可比，小同芥子。

乞讨【乞討】

"乞"字就像一个人跪着，匍匐以进。"讨"字表示费口舌索要的意思，一个"寸"字，喻示费尽口舌，也得不到多少东西，只得到很少的一点东西。

乞讨二字合起来解释，就是：如果跪下来讨要，即使好话说尽声泪俱下，也只能得到几乎等同于乌有的一点东西。

消息【消息】

《古兰经》里面有一章，标题就是"消息"，所以我对这两个字有莫名的亲近感。"消息"是倾向于"有"的，而"消""息"两个字又都倾向于"无"，比如消失休息等等，使得单个的字与合成的词之间有了某种歧义和张力。

小时候看连环画，鬼子远远出现的时候，山头上的一棵小树就倒了，称为"消息树"，深烙在记忆里的缘故，对这样的三个字，也是很喜欢的。

人活在世上，耳朵像渐渐空下来的鸟巢一样，听到的消息也会越来越少，越来越少。有时候是没什么消息，有时候是有消息也选择不听。

张贤亮先生及其作品印象

一

虽然在同一单位工作，但我和张贤亮先生的交往并不多。说来在我真算是一个遗憾，我没有一次和张贤亮先生面对面晤谈交流过。我们的所谓见面，不是在会议上，就是有他人同在的其他场合。现在想来，这真是自己生命里一个无法填充的空白。但如果可以从头来过，大概还是这样的吧。性格决定了一切。正因为和张贤亮先生交往不多，所以有数的几次关联和印象，就显得格外深刻，想起来历历在目。从一只电热炉说起吧。

电热炉

1993 年，在多位老师的帮助下，我从海原高台中学借调到《朔方》编辑部做编辑。单位在三楼拐角处腾出一间房子来供我住宿。这实际上是不被允许的，等于是把工作间变作了生活间，是有些两不便的，但不知谁费心做了这样的游说与安排，反正我糊里糊涂就住了进去。

从我住的地方出来，是一条小通道，几乎直通着张贤亮先生的办公室。我去编辑部或者下楼到外面，都不免从张先生的办公室前面经过，但好像没有什么特别的印象。我那时候开始学着做饭，搞了一个电炉子，就是上面有弹簧似的几圈，一通电，弹簧圈就亮起来。我多是蒸米饭吃。一天上午，我一边让电热炉给我蒸米饭，一边就下楼去距单位不远的一个菜市场买菜，那时候银川的旧书摊还比较多，在菜市场竟然发现了一个旧书摊，这是我向来感兴趣的地方，就蹲下来细细看过去。这一看就不知过去了多少时间。等我回到住处时，在楼道里就闻到一股很强烈很刺鼻的味道，像是能把人的鼻子给掀开来。出大事了。我看到的情景是，米饭被蒸得焦黑，锅底也烧脱了，原本灼亮的弹簧圈像蛇皮那样断为了几截，而且灰烬似的好像可以一吹即散。这真是太可怕了，造成失火可怎么办？听说是张贤亮先生近水楼台，最先嗅到了异味，但又不清楚异味来自哪里，等发现切断电源时，我的锅底已经烧得掉下来。现在想来，这应该是很严重的事故。但张贤亮先生并没有把我怎么样，单位也并没有把我怎么样，甚至没有人严词激语地对我说过什么，过后我还是照住在那里，换了一个新炉子继续我的生活。回头一想，这里面的包容真是太大了。山里娃进城，先就留了这样一个印象。也许领导们清楚我一定吓得够呛，必然自知戒惧，因而不再多说什么了吧。我后来想起这事，总是联想起张贤亮先生嗅到异味一刻的表情，像一个电影特写似的挥之不去。

青年作家笔会

还没有借调到《朔方》之前，《朔方》举办过一次全区青年作家笔会，请张贤亮先生来给大家讲了几句。那应该是我第一次见张贤亮先生。在会上张贤亮先生说作家有经验性写作者，比如自己就是，有想象性写作者，如苏童就是，苏童可以写不在他经验里的人事，凭着想象力来写作，比如就可以写武则天。张贤亮先生只说了这两种写作的区别，而没有比较优劣，没有因自己是经验性写作就说此优彼劣的话。张贤亮先生在会上还推荐了两篇自己喜欢的小说，一篇是鲁迅的《在酒楼上》，一篇是俄国作家蒲宁的《轻盈的气息》，影响就是这么大，直到今天，我仍然记着张贤亮先生推荐的这两篇作品，而且把这两篇小说作为短篇小说的最高标准。因为有张贤亮先生的到会参与，我们那次笔会的规格和价值就很不一样了。记得回到老家后，当时还健在的左侧统兄写信和张贤亮先生交流文学，那信在寄出以前我是看过的。我佩服着左侧统兄的魄力，同时对收到一封回信的希望，又感到渺茫。三十多年了，依稀记得当时是收到了张贤亮先生回信的，好像写在一页半透明的纸上。

海原行

我的印象里，张贤亮先生没有去过我的家乡海原，如果我记忆无误，我觉得这是我们海原的一份遗憾。也许我是作为一个喜好文学的人才这样想吧。人文地理，对地理来说，人文是很要紧的。从滕王阁中去掉诗人王勃的元素试试。我就记得王蒙先生去过海原。那时候我在海原宣传部工作，一天上午，听到街头喧哗，凭窗一看，见街上行进着·众气象不同的人物，原来是全国政协组织文化界人士来西海固考察。过后我才知道，一行考察的人里，就有王蒙。也快三十年的事了，正因为王蒙先生的参与，让我记住了那次全国政协的西海固考察。

远看

一次在文联大楼下，看到张贤亮先生远远站在楼下一边，距离我们也就是二十米的距离，好像在等人。我和陈继明兄刚刚下楼，就互相看到了，但我们并没有走过去打声招呼。就这样的一件小事，不知为什么竟记了这么久，能记一辈子。我们相互看见和看着的样子，宛然眼前。大概我们也议论过，给张贤亮先生不打招呼，他不会见怪的吧，毕竟他不完全是官员那一套。不知为什么，张贤亮先生总容易给我们留下深刻印象，某种意义上的大人物似的。

婉辞一

一次区政协会散了，在宁夏人民剧院一侧看到张贤亮先生很帅气地站在那里，看到我就招呼我过去，让我把一同参会的文联的几个人通知一下，中午大家一起吃个饭。正好我的一个要紧的亲戚也参加政协会，中午说好了在我家吃饭，我正在等他。我就对张贤亮先生实话实说了，意思是我不能去吃饭，我和亲戚有约在先。这时候远远地就看到我的亲戚向我走来，黑衣服黑得深沉，白帽儿白得晃眼。我就给张贤亮先生指着我的亲戚。张先生唔了一声，表示自己明白了。然后很关注地远望着我的亲戚，我觉得他看着我亲戚的眼神就是一个作家的眼神。职业习惯，在需要的时候自然而然就有了这样的眼神。

婉辞二

接到来自于镇北堡影视城的一个电话，说中央电视台有个关于西北花儿的专题片，摄制组已在宁夏，张贤亮先生提议让我参与一下，就我所知谈谈花儿，我的心怦怦跳着，觉得这可怎么着是好，但还是实话实说，我说我面对镜头就习惯性断电，不知道说什么好，接受了又做不好，就有悖于各方初衷与热心。而且扪心自问，对花儿自己确乎没有什么值得一说的高见的。但心里总觉得不是滋味，要是自己伶牙俐齿，痛痛快快接受了张贤亮先生的抬举该多好啊。有些短处好像是怎么补也补不上的。

影视城一幕

一次有个什么大型文化活动在镇北堡影视城举办，在大家纷纷站队准备照相时，张贤亮先生看到了我，问我住在哪里，我说住在西夏区宁大湖旁边。相对来说，那时候的西夏区是比较偏背的，张贤亮先生听了我的回答，像是对上了一个暗号那样，笑着说，好，你住在那里是合适的。我想张先生的意思应该是，我这样好静的性格，住在一个相对偏背的地方是合适的。

采访

张贤亮先生的《青春期》发表后，陈继明兄带我去张先生的办公室，对他有个专题采访。他二人访谈，我负责记录。后经我整理后，以《就青春期，访张贤亮》为名发表在《新消息报》。一般采访稿，都要给被采访人过目后才可定稿的。但这篇访谈发表前好像并没有给张贤亮先生过目。这也体现了张贤亮先生风格中的一个重要方面，就像他并不计较我们的格色不打招呼一样。还记得在一家古玩店见到张贤亮先生的一本书法册页，张先生的书法以册页形式出现，为我这许多年来所仅见。店主把册页藏在保险箱里，视为奇货，自藏不售，但让人吃惊到意外的是，这样一本费心写就的册页，前面为张先生作序的，却是他的一个晚辈和学生身份的人，这和一般请人作序的路径和考虑完全不同。我觉得这恰恰体现了张贤亮先生不同流俗的一面，本自具足，不假外力。

那天采访结束后，我们还和张贤亮先生合影留念，我和张先生还单独合影一张，这张照片，得到了冯剑华老师让我心暖的点评。

奖励

我获得鲁迅文学奖和第八届少数民族骏马奖后，两次得到张贤亮先生个人对我的奖励。这是不能忘记的。

约稿

有一年《人民文学》设一栏目，约请一些年轻作家，就早年发表的一些名篇名作做一回望评论。我得到约稿信，让我就张贤亮先生的短篇小说《灵与肉》写一篇读后感。《灵与肉》当然读过的，为了写读后感，又格外认真地读了一遍。虽然小说里不免一些时代印痕，但小说写到的大自然的片段和人性之美使我深受震撼，真切地觉到大作家的"大"在哪里。我是怀着激动的心情写了这篇读后感。但是写完后得到《人民文学》的通知，说对不起记差了，《灵与肉》不是在《人民文学》发表的。原来他们的回顾和评点范围，只限在《人民文学》发表过的值得回望的作品。如此一来，我的读后感就不合栏目设置的要求了。但我还是很感激这次约稿，让我又细读了一次《灵与肉》。这篇关于《灵与肉》的读后感后来发表在《名作欣赏》。河南的《莽原》杂志有一个名作回顾栏目，约请学者作家推荐他们心目中的经典名作，并配以批注评论。我和陈继明兄为《莽原》推荐的都是张贤亮先生的小说，我推荐的是《普贤寺》，继明兄推荐的是《初吻》，可见在推荐作家作品方面，我们的高度一致不谋而合。

二

张贤亮先生之于我的影响，主要还在他的作品。老实说，张贤亮先生的多部作品都让我读得深度沉溺，像《普贤寺》《初吻》《我的菩提树》《绿化树》等等都是。一天下午我躺在沙发上重读《肖尔布拉克》，读得我心潮澎湃难以平静，禁不住给一个好朋友说了我的阅读感受，说我因此度过了一个很有收获感的下午。张贤亮先生晚年发表在《黄河文学》上的一个长篇访谈和一大组旧体诗，我觉得是张先生晚年的重要作品。在我心目中，不计格律韵脚（这个我确实不大懂），仅就诗的诗意内蕴讲，张贤亮先生是宁夏最出色的旧体诗诗人。爱屋及乌，因为喜欢张贤亮先生的文字，就连带喜欢了和他相关的很多东西，比如他的手稿书法等，也是我所感兴趣的，在养家糊口的前提下，挪出一点钱来收取与张贤亮先生相关的一些文物，是我的一大兴趣点和乐事，我就在网上淘到过张贤亮先生比较重要的一个奖杯，买到过他给杂志社寄的签名照片。就在这几天，还有一个事在我心里，搅动得我不得安宁。我看到了张贤亮先生的一页手稿，是比较特别，不容易碰到的，物主已经骄傲到只能看到他的两个鼻孔，宣扬属于自藏品非卖品，梦也兄告诫我说，你不要太显出热衷的样子了，你越是这样，越是得不到。说得是。只好忍着。但我对物主说，不卖则已，卖就卖给我好吧。我还收到一本《民族艺林》，上面有《龙种》的电影剧本，电影剧本是由两个人创作的，第一作者就是张贤亮先生，原来张贤亮先生自己也是写过电影剧本的，《龙种》可以为证。

我一直觉得，于宁夏作家而言，张贤亮先生是一个不竭的源泉，我们可以不断地从这里汲取营养和方法。有了张贤亮先生这样一个存在后，我们和兄弟省份在文学方面比较起来，好像就有了一份可以面对任何不输任何的自信和底气。我作为一个写作者，对张贤亮先生的感念之情是热烈的也是深长的。我觉得在写作方面，只要我们认真阅读，深入阅读，我们就能从张贤亮先生身上学到很多，君子行不言之教，张贤亮先生之于我们的作用正是这样的。我们甚至可以从张先生身上学习他作为一个作家的谦逊。张先生给我们的印象总是自信的倜傥的，但是一天看到一本《当代》（1982 年第 3 期）杂志，这期杂志里有一个信息是，张贤亮先生的中篇小说《龙种》获得了该刊的年度奖，每一位获奖作者还有一篇获奖感言，张贤亮先生的获奖感言使我印象格外深刻，他在感言里谈到对自己作品的认识："我每发表一篇作品，内心总有一种对于编辑和读者的深深的歉意。""我从来没有能把我变成铅字的稿子再从头到尾一口气读完。""读着读着，我的心就会因悔恨而痉挛起来。""处处是失误、浅薄、粗陋、疏漏、笨拙……我从来没有在自己的作品中得到过艺术享受。""我从来没有满足过……现在，我只得承认自己在艺术上是低能儿。"——要不是亲眼看到，真难相信大名鼎鼎的张贤亮先生竟如此看待自己的作品，相对于无数恨不能用高音喇叭为自己鼓呼的人，张贤亮这样的说法简直是低到尘埃里了。就此和白草兄专门有个谈论，我说，只有一个可能，在张贤亮先生心里，必有着更大更高的文学标准，当他已然成为了我们仰之弥高的标准后，他自己却有着我们目力所不及的标准，这正是张贤亮先生深不可测和值得一想的地方。

文学的和声

——舒晋瑜《倾谈录·深度对话鲁奖作家》读后

一

本书具备着一种多线条多层面交流的可能性和必要性，比如采访者和受访者之间的交流，同一文体创作者之间的交流，不同文体创作者之间的交流，作家和评论家之间的交流，外国文学阅读者和翻译家之间的交流，身在幕前者和身处幕后者（指评委）之间的交流，因而形成一种交流的和声与丰富性，使人在这样多重的交流中获得种种新鲜的本质性的认知，这一特点是首先要说出来的。

二

置于每篇访谈前面的"采访手记"匠心自用，不可或缺。它们就像一个个显明的路标或者言简意赅的导览手册，在大量必要功课的基础上，撮其大要，告知你接下来受访的会是一个什么人，有着什么样的专长和个性，比如对于潘向黎，采访手记里是这样介绍的："潘向黎的身上自有着一种古典美，旗袍对于她是最合适的……可她同时又是现代的，说话做事另一番生动活泼，走到哪里，哪里的氛围便热闹起来。"这简直是小说一样的描述，寥寥几笔，所描述者的形象、性情就宛若眼前。关于作家马晓丽的介绍是这样的："马晓丽年轻时曾经在部队炊事班当过班长，每次做煳饭，她都会带着全班站在饭堂前面给大家做检讨，而现在，马晓丽是美食家，她亲手制作的各种色香味俱佳的美食常常令朋友们惊艳不已。""马晓丽习惯于自我'枪毙'，她的电脑里，一直雪藏着不少被自己毙掉的作品。"介绍作家周晓枫："晓枫热爱生活，喜欢电影，喜欢旅行，喜欢美食，她的穿着总是大胆时尚，多么艳俗的大红大绿在她身上也很妥帖……她的笔触是细微的、敏锐的，她的呈现却是广阔的、厚重的；她的表现是热情的、喋喋不休的，她的内心却是羞怯的、恐惧的。"在介绍诗人路也时，作者自己先设问说："路也是谁？"接着一路慨然答来："诗人、作家、教授，自称'路霞客'，从小是个'摇街走'，连吃饭也不愿待在家里。""长大了，她果然还是喜欢到处跑，喜欢看各种地图册……居然喜欢探访作家的故居和墓地，即便是偏僻阴森的地方她也不怵。"说《堂吉诃德》的译者董燕生家里就挂着堂吉诃德的挂像，说这老先生"他的字典里不设'防护墙'，想到十分非要说到十二分，有时候把话说得越尖酸刻薄，越觉得过瘾……实际上，他心地善良，又充满幻想"。等等等等。舒晋瑜在她的采访手记里就是这样介绍她采访的人物的，使人看了采访手记，就有了对受访人做更多更深了解的兴趣，这无疑是舒晋瑜访谈的一个优胜之处和独到之处。

三

在访谈中也不时引用到一些他者对自己采访对象的描摹概括，因为搁到了合适位置的缘故，就使得这些引用部分以少总多，有点睛之效。

比如邱华栋对徐坤的描述："一直是短发，戴一副不断变换样式的眼镜，仔细看，她的短发讲究，总需要及时修理，打扮得利落而入时。""她酒量大，酒品好，任何时候都是体面地坐在那里，比男子更有气魄。"

陈世旭对葛水平的描述："一身装束满是乡村元素，就像个活动的民俗博物馆。"

路也的朋友对路也的描述："有一天，我在路上看到一辆开足马力的汽车，一边跑一边漏油……我想，这不就是路也吗？"

迟子建描述潘向黎："有一种清爽的妖娆。"

如上。

所有这些描述都给人一种见人见骨，一见难忘的印象。

因为引用得当，这些文字甚至显现出了它们比在原文中更多的光彩，曾经读过张承志写文天祥的随笔《水路越梅关》，其中引用到文天祥的诗词就让我大感兴趣，但是专门买了文天祥的诗集来读时，感受并没有那么强烈，就让我觉得把别人的诗文加以利用，从而使之焕发出别样的光彩，也是一个值得注意的能力。我甚至动了心思，想把类似这样高度概括中又精准描摹了人物的文字辑录到一起，形成一篇特别的文章。

四

就和我的访谈来看，访谈录的题目应该也是舒晋瑜一手拟定的。这其实也是值得关注的一个方面，我觉得很多题目都准确深入地说出了受访者为人为文的主要特点，就好像题目是访谈的"文眼"一样，对整个访谈有着提纲挈领的作用。

不只这本书，舒晋瑜的多本访谈录都体现出这一特点，显现出在给文章起名字方面善抓七寸，绝不是随随便便就起一个名字的。

比如和史铁生的访谈题目是："要为活着找到充分的理由。"——这样一个题目真是再恰切不过，让人觉得辛酸的同时又平添一种力量。

和红柯的访谈题目：走出大漠很慢，生长期很长。

邓一光：在绝望的故事中找出不绝望的人。

池莉：通过写作，变成接近天使的物质。

刘恒：文学一旦丧失锋芒，也将同时失去诱惑。

王跃文：文学应该是思考生活的重要方式。

结合每个作家的具体创作，这样的题目都可谓是量身定做。同时又对他人形成一种有效的参照性和启发性。

我的访谈名字是舒晋瑜拟定的，在我看来是不二之选。几乎概括出了我一生的写作主张和写作追求。

五

从前几本访谈录看，一些受访者匆匆言说之后，业已辞别人世。年高者不说了，就连正当盛年的雷达、史铁生、李鸣生、红柯等人也杳然西去。让人痛感到生命的脆弱和无常，同时也感到舒晋瑜的辛苦访谈因此显露出一种特别意义，曾经来过，留言为凭。也算是虚茫人生的一丝痕迹和慰藉。

六

对于几位翻译家的访谈我好像有着特别的兴趣，印象里不少作家都表达过同样的意思，就是我们这一代写作者，要好好感谢各位翻译家带给我们的福惠，这是不用说的，我们阅读的翻译文学都是翻译家们千里万里乘风破浪给我们运渡过来的。说到托尔斯泰，就要感谢草婴先生；说到契诃夫，就要感谢汝龙先生；说到福克纳，就要感谢李文俊先生。这是应有之义。《倾谈录》中涉及的翻译家，都显得很有个性，像董燕生教授，对杨绛翻译的《堂吉诃德》存有微词，说杨绛省略了一些不该省略的。当被问及"中国当代文学在西班牙情况如何"时，董先生的答复也是有些过于直接了，董先生张口就说："没有任何反响。"但翻译家黄燎宇对中国当代文学就没有董燕生这么悲观，虽然他也承认"我们的主流作家在德国整体而言受到冷遇""以余华为例，他在西方主要国家都拿过大奖，唯独德国没给他奖"，但黄燎宇自己对中国当代文学评价还是很高的，尤其对汉学家顾彬对中国文学中国作家的评说大不以为然。这样一些观点和信息是有助于我们知己知彼的。而且各位翻译家在翻译方面的认知都是很有启发性的，是值得一再领会和玩索的。董燕生先生提到塞万提斯借《堂吉诃德》中的人物之口，表达了他对翻译作品的看法，这看法是"译文就像是编织和刺绣的反面"，这大概是翻译家们都不爱听的话，但也只有他们，对这话的理解是最深刻的吧。

七

说来整个《倾谈录》中，最乐于读的倒是关于评委们的访谈，什么道理呢？也许是想看看幕后的那些吧。但幕后无论什么时候都只能显露个一鳞半爪，然而有这一鳞半爪就够了，据此也能猜度个大概了。

大小都一样，没当过大评委，当过小评委，一个感慨是，评委不好当。

从《倾谈录》访谈到的几个评委看，他们都在特别遗憾地提到自己中意的哪些作品最终落选，像董强先生，是第八届鲁奖文学翻译奖评委会副主任，饶是副主任，他个人喜欢的《赫贝特诗集》也没能最后胜出，可见任何评奖都是一个反复协调平衡的结果。第八届鲁奖文学理论奖评委杨扬就坦言道："文学奖是有软肋的，不是说得奖的一定都跑在最前面，可能是那些跑得稳，跑的动作比较娴熟优美的，最终获奖了。"

还有一些幕后揭秘式的细节令人印象深刻，比如第五、第六、第七届鲁奖报告文学奖评委丁晓原就说，原本第七届报告文学奖评委里没有他，因为有规定，同一评委不能多次参加同一门类的评奖，但评委会主任张胜友考虑到丁晓原更为熟悉报告文学的创作情况，向相关领导申请后，将丁晓原补为第七届评委，张胜友先生是术后带病参加评奖工作的，两个月后，张先生就去世了。这是让人嗟叹的往事。谢大光是第四届鲁奖中篇小说组评委，他说到这样一个细节："（我）发现小说界比较活跃，不陈腐，印象最深的是，崔道怡声嘶力竭地往上推葛水平的《喊山》，他穿着红色的衬衫，极力推荐，以压倒一切的气势说：'如果不评上，我这个评委不当了！'——这在散文组是没有的。"类似这样一些细节，读来真是摇动人心，难以忘怀。对一个真正的有实力的作家来说，碰到这样一位有资历有眼光有自己坚持的评委，该是何等的幸运。

　　当然这样一些幕后细节，都是从《倾谈录》中得到的，因此不能不感慨《倾谈录》的秉笔直书和有闻必录，这可能正是它特别的价值所在。甚至想，可以就历届评委深度采访出一本专著，一定是有多方面的价值的。当然文学说到底，其真正价值唯在文学本身。

　　一个设想，许多年后，《倾谈录》中的一些作家因为"文学软肋"的原因，湮灭无闻，但《倾谈录》却流传了下来，会否有人指着我的名字说："这人是个做啥的啊。"

抛砖集

1

著名报人徐铸成先生在一篇文章里说到蒋介石骂人的那句口头禅，就是"娘希匹"，说在电影《西安事变》中，有蒋介石当着洋人端纳的面，骂"娘希匹"的情节，徐铸成先生说这绝不可能，说据他所知，蒋介石只在亲信的将领或者身边侍从跟前，才可能骂这个口头禅。他举了一个亲眼所见的例子，说一次见蒋介石在公共场合，忽然对着时任汉口公安局长的陈希曾踢出一脚，并佐以口头禅之骂，而受踢受骂的陈希曾竟"欣欣然有得意之色"。可见这样的打骂，几乎是一种特殊待遇了。关于蒋介石不可能当着"张（学良）杨（虎城）"之面，不可能当着"洋化的夫人和国舅"之面，尤其不可能当着"端纳"之面骂"娘希匹"，徐铸成先生的理由是："他究竟算是一国之主，不是陈阿大之流人物。"

2

看《天宝遗事》，其中有这么一节，说杨贵妃仗着玄宗对她的宠爱，有时会使性子，搞得上意不悦，一次简直是恼怒了，于是就让高力士把贵妃送回娘家去。送回娘家的贵妃还是贵妃吗？不待高力士离开，杨贵妃就剪下自己的一缕青丝来，让高力士带给玄宗，让高力士给玄宗说，她杨贵妃一切值钱的东西，都来自皇上的赏赐，是不能作礼物的，唯青丝一缕，受之父母，来于自身，就送给皇上做纪念吧。《天宝遗事》里说，皇上看着这缕青丝，禁不住要哭起来。就劳动高公公再跑一趟吧，这样贵妃又回到宫里来。这是一个关于头发的故事，还有一段故事，是关于胡子的，说李叔同先生出家后，把自己值钱的东西都分赠给了亲友，夏丏尊丰子恺刘质平等等，分别得到了字画金表等等赠品，叔同先生有一个日本妻子，哭哭啼啼想让先生回心转意，哭劝无果，日本女人要回日本去了，带着法师给她的赠品，就是法师自己的一缕黄须。从舍利子的角度说，这可能是法师最贵重的赠与了，和贵妃的青丝好像不能搁到一起来说。贵妃何幸，法师恕罪。

3

他钓鱼多年了，算是钓鱼的老手，钓到的鱼如果集到一起，会让他自己都要吃一惊吧。人做一件事情久了，总会有那么一刻，和以前做得不一样。也说不清为什么会那样，但就那样做了，和往常是有区别的。这真是太偶然了，甚至不值得一说。但还是说说吧，就是一天他像往常那样钓上一条鱼来，那鱼张了嘴拼命地呼吸着，好像呼吸不到自己需要的东西了似的。其实每条钓上来的鱼都是这样的。他把鱼解下来扔在木桶里，去水边的树下方便了一下，再回来时，他好像忽然有了一个念头，就见他把木桶里刚刚钓上来的鱼拿在手里，鱼光溜溜的，几乎拿不住。它还在鼓着眼睛嘴一张一张地吸空气。看鱼的眼睛，会发生什么事它都是不知道的。钓鱼人走到水边，就把刚刚钓上来的鱼扔到水里去了，溅起水花来，那鱼像个装满湿土的鞋子一样快速向水底沉去，非沉到水底不可似的，但好像忽然间它就记起了自己是一条鱼，猛地一个稳定，然后就缓缓地游开去了，回到了自己领地的样子。但是它好像并不觉得庆幸，好像并不清楚自己究竟经历了什么，只是有了一个小波折小闪失似的。它确实没有明白过来。已经恢复成被钓前的样子了。钓鱼人又坐在水边，像以往那样向着广阔的水面垂下了他的钓竿。

4

给我的奖品是一个灯盏，好像我一直在夜里似的。

5

我在井里有日子了。他们把我拉上来的时候，匆匆经过的风打了一个趔趄，小心地从我前面吹过去了。我像白棉花被黑照着。一时天上那么多太阳，飘气球似的，这里一个那里一个，白花花的，放毒一样亮着。他们把我像枯叶一样救活着。我知道我还活着的，我以最虚弱的样子还能活很久。

6

关上门就一个人，四面墙和黑乎乎的屋顶都已经很熟悉了。打开门就是荒野，眼睛往远处看觉得很舒服。

7

世上最贵的那瓶酒不是用来喝的。

8

同一面镜子照西施和嫫母，你觉得还会是同一面镜子吗？不同的对象会使同样的东西成为不同的。

9

每一面镜子都容易得抑郁症。

10

灯像个僧人一样亮着，什么经都不看了。

11

大匠就是给最无价值的石头赋予最大价值的人。

12

他的原则和经验是，绝不用完最后一根火柴。

13

沙尘暴让花期缩短了。一夜过后，地上落了大量的花瓣，孤儿院里数不清的孩子似的。剩在树上不多的花像在给陌生人戴孝。人都像鬼打墙那样走着。吃了土的感觉。土世界。土世界就是原世界。世界最初和最终的样子。没有什么声音，但是给人一种闷雷感。鼻子给堵住了似的，呼吸减少了，脸变得不重要了。每家都往外端土。这个土是用不上的，做什么都不行。就是用来布置世界，让你们看看你们费心经营的世界会成为什么样子。开花的树神情落寞，婚庆的日子里死了新娘似的。花期缩短会影响结果吗？即使结果，也只能结一些吃不成的果子。一场不过三五天的沙尘暴，带坏的日子是很多的。

14

沙尘原本是至微末的东西，但是和"暴"联系起来就不一样了。就是说，看似微末的沙尘，总是微末的沙尘，如果聚而成势，暴动起来，就会把好端端的世界搞成眼前这个样子，沙尘暴其实是对人世的一个警告。应该说，这警告虽显严厉，但还是极有分寸的，我们不清楚眼前的沙尘暴究竟是动用了自己怎样的一部分，可以肯定的是，沙尘暴绝没有一次性用完，没有参与进来的沙尘一定是更多的。如果不是警告，而是意在毁灭，我们大概是连看沙尘暴的机会也没有。好在沙尘暴肆虐的时候，嚣张惯了的世界没有任何声音，低下巨大的总是犯浑的脑袋，在一种沉痛的反省和哀悼中。沙尘暴是一种报到，沙尘暴是一个警告，人们从土中拿出脸来，一再看着这个容易朽坏的世界。

15

人们把镜头一律对准了沙尘暴，沙尘暴在一种失控了一样的繁衍中，你见过如此不可形容的孕育和分娩吗？像蚂蚁在看山的燃烧和崩塌，一生二，二生三，三生万物，万物生沙尘暴。人们躲在他们小小的机器后面察看着，心像被巨大的皮肤粗硬的青蛙踩住了似的。

16

他梦见山大的一堆核桃，几辈子都吃不完，他打开一个是空的，打开一个是空的，打开了许多都是空的。一个核桃都没有吃到。他不禁止住动作仰望着了。"山"也俯下庞大的身子看他，像要和他讨要一个答案似的。

17

清静的时候，他就用镜子照自己，像一个字，越照越清晰。但是只要外面稍有响动，镜子就会蒙一层雾水。字也漫漶了，像历史中的人物被盯着看久了似的。

18

镜子在白天视而不见，在夜里主动看着。

19

小煤油灯足够了，浪费了多少灯光，用那么多灯光倒没有看到什
么。小煤油灯看经典，看五十年，你再看看那煤油灯什么样子。人们
不会用太多的灯光来看经典。

20

诗人正行进在发配途中的时候，被后面匆匆赶来的流星拦住了，
我说你写，流星嘴里喷着火似的说。等诗人写罢，流星就不见了。诗
人也觉得身子凉下来，心还在喉咙那里起劲地跳着。抬头看天，见挤
挤挨挨的群星在天上正紧锣密鼓地布排着一种阵势，好像一时半会不
会再有流星似的。

21

经验和信念是，无论多窄的地方，都可以挤过去（你不知道你会
缩小到什么程度），一旦挤过去，就总有一小段宽展的路走，像给你的
补偿似的。屡试不爽，心存感念。

22

朋友于汝桐写《红楼梦》的文章说，贾琏的乳母赵嬷嬷和王熙凤闲话，说贾府祖上曾经"预备接驾一次，把银子花得像淌海水似的"。

23

CBA 联盟浙江广厦队的外援费尔德出现在篮球场上的时候，就像是武大郎，但实际上他身高一米七五，在常人中全然算不得小个。明明知道他身高一米七五，但是他出现在篮球场上，在球赛中时，怎么看都还是觉得他是武大郎。是的，说费尔德是篮球队里的武大郎是没什么错的。就有了一个启发，你愿意把自己搁在怎样的一个阵容中，你愿意和谁比。和高人比，显出自己的矮来，和矮人比，显出自己的高来。作为最矮的，在一众高人中占一席之地，必须有自己的独到之处，不可替代之处。费尔德在一伙长人中立足的资本是，速度快，弹跳好，说是一米七五，可以在一米九零的头上摘篮球，场均几个篮板球是可以作证的。

24

如果只允许选一个颜色，
我选择黑。
如果只允许选一种味道，
我选择辣。
如果只允许选一个数字，

我选择 0。

如果只允许喜欢一种昆虫，

我喜欢蜜蜂。

如果只允许选择一门学科，

我选择数学。

如果只允许选择一种药物，

我选择砒霜。

如果只允许选择一种身份，

我选择诗人。

如果只允许读一个诗人，

我读哈菲兹。

如果只允许听一种声音，

我听风声。

如果只允许去一个地方，

我去海边。

如果只允许吃一种东西，

我喝水。

如果只允许种一种粮食，

我种土豆。

如果只允许上一次山，

我上珠穆朗玛。

如果只允许买一次东西，

我买书。

如果只允许去一个城市，

我放弃这机会。

如果只允许喜欢一种鸟，

我喜欢猫头鹰。

如果只允许一种哲学，

我接受混沌学。

如果只允许疼一个人，

我疼我自己。

如果只允许写一个字，

我选择写"我"。

如果只允许提一次要求，

我要求健康。

如果只允许一种死法，

我选择服剧毒而死。

25

　　皇上让算命瞎子给他算一命。他把手递过去，让瞎子握了一握。瞎子就说，呜，又说了一声呜，连呜了三声。皇上说，呜什么，明白说呀。瞎子不再说什么了，告辞走了。皇上看着瞎子的背影，目光把他送出很远。他觉得瞎子确实还是有一套的。他觉得这个命算得很好，天机不可泄露，瞎子将露未露，恰好。皇上就着瞎子的背影想了想瞎子的命，觉得这个命也没有什么不好。呜，呜，呜。现在还安逸着的皇上，不久会身首两分，血溅开来，溅出很远，几乎是溅到了瞎子的身上。那时候瞎子走累了，正坐在一棵大树下，解开干粮袋吃干粮。呜——吃着干粮，他又是这么来了一下。

26

　　牢里来了一个算命的，大家都兴奋起来，纷纷求着给自己算一命。也有人质疑说，你一个算命的，怎么把自己送到这里头了？算命的说，我瞎头鼠眼的，就到这里头来了。来了也好。这么多人在这里，就说明天无绝人之路嘛。什么意思？怎么理解？大家倒都觉得他说得很好。于是求他给算算命。算命的把他的眼珠儿在瞎眼里动了动说，要算我只给牢头算，其他人就免了，上年龄了，算命也是很费气力的。他的样子，给人的感觉是，他七十岁了，他好像又是四十岁，一看四十岁，一看又是七十岁，这是一种很古怪的感觉，好像自己的眼睛不可靠了似的。牢头就大声说，他的意思和先生的意思是一样的，就算他一个人的命好了，先生确实也上年龄了。牢头把算命的叫先生，就这么着叫开了。除了牢头，没有人再找算命的算命。给牢头算命，算过后，算命的说，此时道不得，且待言说时。牢头眨巴了几下眼睛，好像其中深意他是很明白的。于是宣布说，等等吧，等等吧，等合适的时候再说吧。就这样在一片先生先生的前呼后拥中，在一众如狼似虎的囚徒中，算命的在牢里待了不到三个月，就出来了。他一个算命的，能犯什么罪呢？最多也就是待上几个月而已。大家在外面还等着他给算命呢。他出来的时候，牢头紧盯着他，好像欠他的钱没还似的。算命瞎子看不到这些，出门的时候，他被门槛绊了一下，但还是小心地提高脚出来，很快就走得看不见了。牢头暗自琢磨着自己的命，觉得自己的命真是深不可测，不方便说。

27

有时候蜜蜂找到花的时候，已累得没有多少力气了。采蜜的力气没有了。它在花下面变作了一个干尸。花随风晃动，无动于衷的样子。但是这整体看来，依然是和谐的。依然是一种美和意味，可以和其他看似圆满的美比较的。也有些蜜蜂，死在了找花的途中。它比找到花的蜜蜂飞得更远更多，但就是没有找到花，它是死在了找花的路上。也有的蜜蜂采到蜜了，死在了返回的途中，围了很多蚂蚁吃它身上的蜜，把它作为战利品抬回去，抬到蚂蚁的王国里去，那对蚂蚁们是一件大事情。最后它也被蚂蚁们吃掉了，吃得只剩了一点翅膀，好像翅膀不合蚂蚁的口味。一些有经验的蚂蚁专门在蜜蜂返回来的路上候着，采蜜太多，每一次都想采个够，就被身上的蜜拖累得掉下来，想着缓一阵子再飞吧，却被蚂蚁们候个正着。一些蚂蚁吃蜂蜜吃得身子亮晶晶的。世上发生着多少这样的事，悄悄默默，不为人知。为什么非让人知道不可呢？

28

鱼游进八卦图里不动了。鱼在别处都是欢快游动，游进八卦图就不动了，好像在这里被量身定做了似的。我把八卦图放在海边。涛声不息。有多少鱼从八卦图边迅速游过。夜里开始涨潮，八卦图漂浮在夜涛上面，有时候会漂到看不见的地方。但是天亮的时候，涛声平息了，耳朵从涛声里解放出来，就看见漂浮了一夜的八卦图静静地泊在海边上，海水一下一下够着它，好像怎么够也够不着了似的。

29

风吹荒草的时候，我就一丝不挂跳入去，从里到外洗得自己干干净净，风比水洗得干净多了，无边际的荒草的声音帮衬着援助着，我洗得自己像婴儿前的样子，像死者被以最好的方式洗过了。然后我像白兔子那样跑出来，身上没有一根杂毛，很快我就跑向远处不见了，什么箭也射不到我身上。凡是风吹荒草的地方都有我，凡是白兔子跑得看不见的地方都有我，我是有之无，无之有，一箭从荒草里射过去，好像有所追逐似的，其实那时候白兔子还没有跑出来。风在荒草里发出了自己最大的声音。我也得到了最大的参与和实现似的。

30

我把洗净的果子端上去，他看着惭愧地笑了笑就让我端下去。我就端下去了。果子我也没有吃一个，我端在院子里没人看，但是我没有吃一个。我没有想到要吃。这是我小时候的事，家里来了一个老人，有一小撮白胡子。在我家的正房炕上坐着不声响。不知道他是谁，为什么要坐在我家的炕上。记得一天我就端了洗净的果子给他送去，他没吃一口就让我端回去了。我就端回去了。他把端给他的果子没吃，就让我端回来的样子永远留在了我心里。使我知道果子有时候看看就可以了，没必要非吃到嘴里不可。使我知道，端上来的果子不吃到嘴里，在果子在人，都是很好的事。老人早变成骨头了，而且不知道埋骨在哪里，但他看果子的眼神，他辞谢着果子的样子，离我那么近，只要想看见，就可以清清楚楚看见似的。

31

印度《五卷书》中有一段铭言:"在什么地方,不应该尊重的人受到尊重,应该尊重的人得不到敬意,在那地方,一定会发生三件事情:灾荒、死亡,还有危机。"

32

老鼠紧挨着墙角跑过去了,贴得那么紧,又不至于蹭在墙上有碍跑动,真是一种功夫。它好像没用腿跑着,腿是跑不了那样快的,眼睛几乎都追不上它。它究竟在躲避着什么?究竟什么让它怕到了这个程度?它究竟做了什么见不得人的事?多少行不义之事的人都在世上慢慢腾腾迈着方步在走呢?老鼠的心理素质真是太差了。难怪做不了大事难成大器。捉住一只老鼠看看——它跑得再快也是可以捉住的,就看见它原来是那么小的眼睛,就看见它那么小的眼睛里那么多的恐惧,好像世上的恐惧都在这一对小小的眼睛里了,鼻尖和胡子都哗啦啦抖着,它这是怎么了?它恐惧的样子倒是成了另一种恐惧,不敢多看,一松手,它就跑出去了。很快就躲在哪里看不见。就觉得它恐惧的样子一时难以消失,被放大了无数倍,使一切都像它的鼻尖和胡子一样,哗啦啦抖着,一时停不下来。

33

马头琴是两弦琴,由此可以见得蒙古人直率而又丰富的情感。马头琴的大师叫齐宝力高,五分之四的马头琴曲出自他手,他七十六岁了，他说他拉了七十年马头琴，一辈子就拉了个马头琴。

34

　　喝酒才醉的人最没有意思了，烂醉如泥——已经是泥了，和他有什么关系。我常常体验着不用喝酒的沉醉。这样的例子是很多的。说出来就多了。避开多，在少中沉醉，也是一个经验。有时候听到茶水在炉火上嘟嘟响，听到猫卧在饭桌边念经，都可以恍惚一醉。其实时时处处都可一醉，用不着花一文钱的。我禁不住要说，我常常数着自己的呼吸，就可以沉醉其中而不愿醒来。能花钱买到的东西，即使极贵之物，本质上也是替代品而已。

35

　　有些人愿意栽树的时候来，栽树的喜悦于他是足够的；有些人愿意开花的时候来，这理由好像不用说；有人愿意结果的时候来，这理由也不用说；也有人乐意果子摘尽的时候来果园里走走。总之是各有各的时候，各有各的收获。照我的意愿，我倒乐意哪里都不去，错过一切时辰。我也不需要看见。不需要有什么启发。不需要花香扑鼻和硕果累累。我就是太阳照着的灰尘，无什么悲喜地浮游一阵子罢了。

36

他总结了这么几点：
一、鱼饵没有怎么变化过，而且便宜。
二、鱼吃鱼饵的历史已经很久了，自从有鱼就有鱼吃鱼饵的事。

三、鱼还会吃鱼饵，会一直吃下去。

四、鱼吃鱼饵，同时又得以免祸，这样的事，几乎没有过。

五、鱼并不是饿极了才吃鱼饵，它有时候甚至并不饿，只是鱼饵近在口边，随便尝尝。

六、鱼饵原本是可以吃的东西，但做成鱼饵，就不可以吃了。

七、鱼饵，一个非常好的短篇小说的名字。

八、吃过鱼饵的鱼，即使得以逃脱，回到水里，它还是会再吃鱼饵，这是因为，毕竟它总是要吃，而且对鱼来说，鱼饵是很难分辨的，鱼也不能疑心到什么都不吃。

九、钓鱼需要耐心，一些钓鱼的人后来都把自己钓成了高人，这是因为他们钓鱼久了，也钓到了别的东西。

十、有些人把鱼钓上来后，还把钓钩上的鱼饵给鱼吃掉，鱼也吃。有些则是只要钓上鱼来，就把鱼饵收拾起来，用作钓另外的鱼。这两种人有什么区别吗？

37

我梦见许多人围成一圈，看一个人给他们要把戏。我也挤进去看着。并不收门票，即来即看，好像这把戏是要给所有人的。我就挤进去看。看了一会儿。那把戏实在太一般。像个只会狗刨两下的人在给大家展示戏水的功夫。实在是太一般了。实在是污眼睛。但是听到不断的叫好声和鼓掌声，巴掌都要拍烂了。我就在震耳欲聋的热闹声里挤出来。我往外挤。不好挤，人太多了。而且没有一个人从这样的场合里走掉。我被奇怪的眼神看着。走离这个圈子很远，还听到叫好声和暴雨般的掌声。我觉得泥泞不堪。大家连把戏也不会看了吗？走很远了那里的声音还追上来，不好摆脱似的。我在梦里竟然也不忘沉思，对一个实在不怎么样的把戏叫好不绝，可能这才是大把戏吧。里面的水真是太深了。

38

一个记忆：母亲用鸡骨头做调羹用，把清油涂抹到发面上烙油香。那时候对食物格外敏感，放学回来，在街门口就能闻到母亲烙油香的味道。

39

一个记忆：母亲把钱埋在米罐子里，手伸进去，在米里摸索摸索，有时候会摸索到钱。黄米。读初中以前没见过白米。好像黄米的油性比白米更大些。手在米里通行无碍。摸到钱的机会是不多的。摸到的最大面值不超过五角钱。五角钱是不敢拿的。要是有硬币就好了。但是没有摸到过硬币。那么最好不过一角钱。有时候把钱从米罐里摸出来，在自己的口袋里装上一小段时间，又悄悄放回米罐里去。从摸到钱到送回，中间这段时间，如同小鱼落在了激流中，那种心情，不可言喻。

40

他在夜黑里走着，被什么绊了一下，他赶紧摸索着摆好。其实那绊着他的是一盏灯。有许多灯在这黑里，如果揭去黑幕会发现一眼望不到边，越是黑不能见的时候，越是会汇聚许多的灯在这夜黑里，但是没有一盏亮起来，即使被绊上一下，也不知道那绊着自己的竟然是一盏灯。即使有这么多灯，人们还是摸黑行走。有人忍不住一个喷嚏，竟使一盏来不及防备的灯亮起来，但它很快就灭掉，比喷嚏的消失还要快。灯和黑暗成为这样的关系让人不知道说什么才好。

41

镜子有一种繁殖性。就像穷人打开钱包，数到很多面值不大的钱。可以数上好一阵子。大一点的镜子使人像是回到母亲的子宫中，有一种被孕育被熬煎的感觉。镜子有脂粉气。是早年间新娘的味道和气息。在镜子里找不到门槛，也因为找不到门槛而无法入内。镜子里有漫长的冬季，它的雪终年不化，一些雪落在另一些雪上。镜子照过的花枯萎得更快一些。即使非常喧闹的时候，镜子里也没有什么声音。镜子里有太古的样子，很老的眼睛是能看出来的。镜子也会逼得你窒息，照镜子是苦差事。镜子是一张底牌，只要打出来，热热闹闹的那些就输了。有些女人的镜子里容易闹鬼，这样的女人少照镜子为好。确实照镜子少的女人更健康一些。拉了一马车镜子上路。把镜子挂在路边的树上。在执行过死刑犯的地方也挂着几个镜子。在花园的门口有一个镜子。老死不相往来，以镜为誓。镜子照着，利刃只好在刀盒里等待时机。我一生没有过自己的镜子，偶尔在别人的镜子里匆匆看一眼而已。知道那里有镜子照着，我就匆匆跑过去了。大多数时候镜子都像是一个冷宫。像一个年纪轻轻的寡妇，大把大把的好日子就那样白白地毫不可惜地流失了。

42

已经大半辈子过去了，想想世上的营生，选十样自己适合的，会是哪些呢？我费工夫想了想，暂时给出的一个答案是：图书管理员；气象观测者；老中医；银匠（钟表匠亦可）；园艺师；小学教师；好学者的助手；很小的庙里的和尚；游吟诗人；杂项收藏者。顺带又想了想自己不很适应的工作，也凑出十个来：会计师；宣讲员；管理者；销售员；算卦者；需做手术的医生；技术工人；狱警；业务部门的行政主管；《红楼梦》研究者。

43

深夜里听到鸡叫声会心生不祥，夜深得像一个黑洞，伸手不见五指，好在大家都在深黑里睡着，没有什么值得挂怀的事，这时候突然地一声鸡叫，这是什么鸡，怎么就它一个叫着，难道它一叫天就亮了吗？这对别的鸡会产生什么影响？讲究的阅历深的人，黑夜里悄悄起来，摸索到那鸡，脖子里暗暗来上一刀子，照旧去睡觉。深夜鸡叫，也不是人人都能听到，倒是那些对鸡叫声敏感的人率先听到，暗中来上一刀，世界就还是原原本本的太平世界。天亮了会看到很多鸡，从数量看没有任何减损似的。

44

豹子卧在枯草里，眯着眼在想什么。好几天都没吃东西了，但是它懒得动。因为它是豹子，周围也没有多少它可以吃的东西。它眯着眼很久了。从枯草的摇摆里可以反复打量它。在临近处可以变作一根枯草来打量它。豹子不吃什么就变作什么。好在这只豹子吃得不多。它的前世是一个年轻的僧人，在庙里总是不急不慢地扫院子。虽然这豹子不知道什么，但是它喜欢枯草在眼前晃动，喜欢山里的野风灌满两耳，它也不愿意吃得太饱，喜欢就这样卧在草里，一连几天什么也不吃。

45

可以骑马，可以骑牛，可以骑驴，可以在这三个里面任意选择。我没怎么思索就选择了骑驴。骑牛，老子天下第一，谁骑牛能骑到老子的程度。骑马后面往往跟着打仗，这是干不了的。而且高头大马，骑上太招摇。怕一切招摇之事。骑驴好，骑驴好。骑驴张果老第一，我也不和他比。

46

正是午后，日头打盹那样斜了一斜，村子里虚静着。记得自己是孩子的时候，村子里大到没有边际。这时候就有一个外来人，或者是货郎哥，或者是算命的，或者是耍猴子的，到每家门口喊一声：有人吗？村子里有人吗？午后了，日头躲开着什么那样斜了一斜，村子里有人吗？每个门口都被喊了一声，村子里虚静着，像老棉花从被子里扒出来那样晒着。要是在井边上喊一声，会发现日头像个吊死鬼，要是在坟园里喊一声试试，日头会睁一下眼睛，那就热闹了。

47

看周一良先生的《毕竟是书生》，开篇说到他的曾祖父周馥，周馥，原名周复，后来李鸿章推荐他时误将复写作了馥，即将错就错，从此由周复而周馥，也许李鸿章有意给他改了名字吧，这就不得而知了。

李鸿章是周馥的命中贵人，结识李鸿章之前，二人之间没有任何关系，而且地位悬殊到也许终生不得一见，然而事实却是见了。周馥原本谈不到什么社会地位，就是一个在街上摆测字摊算命的，算命间隙，也给人写写信，写写呈文、对联什么的。命运的转机来了，周馥有一个表亲，在李鸿章家的伙房里任挑水工，这也不是多么了不得的差事，但近水楼台能得月，他虽是李鸿章伙房的挑水工，却因此有了某种可能性，不管这可能性最终落在谁身上，都不免和他这个挑水工有因果关联的。长话短说，挑水工和伙房的采买关系不错，这采买是个人精，却不识字，采买到东西，就请挑水工的亲戚周馥给他做账记录。李鸿章有闲时翻读账本，见一笔好字，不同寻常，即问写字人是谁，这样周馥就有幸来到李府任幕宾，专事文牍处理。长话短说，后来就是这个当初摆摊测字的周馥，竟官至两江总督，两广总督。谁能想到伙房里的一个挑水工，一个远亲，会成为一个家族命运巨大转折的重要棋子呢？周氏一门，自此红火了好几代，到周一良一代，虽不及祖辈显赫，但也是书香一脉，绵亘不绝。也许是经验到宦途的福祸同在的不安吧，周一良兄妹十人，真正身在仕途的没有一人，周一良先生在文中一一罗列了兄妹十人的各自身份：

周珏良（北京外国语学院英语系教授）、周艮良（天津建筑设计院副院长）、周杲良（美国斯坦福大学神经学系教授）、周以良（哈尔滨东北林业大学教授）、周治良（北京建筑设计院副院长）、周景良（中国科学院地质研究所研究员）；三个妹妹珣良、与良、耦良也都在教育行业；周一良先生个人，系我国著名历史学家，教育家，早在上世纪四十年代，就在哈佛大学日语系任教员，后任北大历史系主任等。

但是身为读书人就平安了吗？周先生晚年写有自传《毕竟一书生》，结合先生漫漫一生的遭际毁誉来看，结合这个貌似朴白的书名来思量，其中的感慨，实在是极深的。

48

他说：我习惯于往伤口上撒盐，以此来训练我的忍耐。他说，忍耐就是受着不说话。就是把额头不离开墙壁。他说，我要让忍耐成为我的本性。然后魔鬼走到他跟前，围着他转圈，在他前面打量他。魔鬼试过每一个人。人们都摇摆不定。魔鬼觉得人这种东西是好对付的。魔鬼发现人普遍门槛不高。过他的门槛的时候，魔鬼闪了一下腰。他给魔鬼说，你看我身上都是伤口，伤口里都是盐。他给魔鬼说，来我给你的眼睛里揉点沙子，魔鬼笑着跳开了。魔鬼来他这里的时候很多，毕竟他这里魔鬼需要的东西更多些，但是每次魔鬼都瘸着腿走了。魔鬼的瘸腿病越来越重。魔鬼说，如果你把自己变成伤口，如果你的伤口里都是盐，我就没什么了。魔鬼只要离开他几步，立刻就会被前呼后拥，过起好日子来。魔鬼的日子总是好过的。魔鬼占着大部分疆土，把他逼到边缘，使他几乎只有立锥之地，使他孤身一人没有补给，使他满眼都是魔鬼和魔鬼的活动。他说，世界是你的，我有病身子就够了。

49

娶亲的队伍走过那段老路的时候，忽然起了旋风。这时候唢呐口正对着空荡荡的天空，吹得如火如荼。疼心的人赶紧把轿帘儿拉紧着，好让里面的新人不受惊扰。旋风像个终难得手的狼在羊群边儿上那样，恋恋地跟了一会儿，就散去了。唢呐声一浪高过一浪，浓墨重彩地涂抹着这千年不变的荒原。新人的心奇异地跳动着，像一切老旧的东西中唯一的一点新意。再过一阵子，就剩下这荒原老路，什么也看不到了。草边的牛粪干透了的样子。那么激情攒劲的唢呐声，好像从来没有在世上吹过。那鸟舌头一样的新人，在哪里呢？被谁稀罕着呢？

50

他说了三种治疗方式，一是带我到海边，一个人在海边坐三天，不眨眼那样看海，看海的变化，看海的远处，看全部的海，看一个月；再到沙漠里，进到沙漠深处，看天地茫茫，看沙海无边，看沙漠里的小草，看小虫子匆匆在眼前跑过，试着喊几声，试着在沙漠里喊几声，试着在沙漠里想想自己的过往，试着在沙漠里折腾一番，试着静静地一动不动坐着，让风吹你，让风吹一动不动的你，一个月；然后深夜里把你叫起来坐着，不可以点灯，就在夜深处坐着，可以摸自己的脸，自己的五官，膝盖，可以听自己的心跳，可以数自己的呼吸和手指头，一个月。这样三个月下来，根据我的状况，他写了一份治疗报告。他说，他的治疗办法是，把人从小处带到大处，从明处带到黑处，从有处带到无处。他拿镜子给我看，说，看看，看看，这不过才三个月。他说，人接受引导的不着力的教育，不接受强迫的教育。

51

我的工作是为灯守灵。最后有人来问说，你和灯一起这么长时间了，作一首关于灯的诗吧。我就作诗道：灯，灯，你黑着，灯捻长，灯油多，你不亮，佛不说。你有空名，我来守灵。

52

看到有名字叫路生或者露生，觉得这样的名字就像小孩子由于惊吓丢掉的魂灵，就像昏暗的灯，大白天被看不见的手拿着，向茫茫荒荒处去。妈妈在喊魂儿回来，路生——回来——露生——回来——喊不回来的，只要是这样的名字，只要有荒野，这样的名字就是喊不回来的，你跟着这大白天亮着的灯走，一晃一晃地走，一探一探地走，往哪里去呢？没有向往，但是身不由己走了很久了。我就给改名说，还不如叫个树生呢。树生枝，枝生叶，叶落归根。或者干脆就借便叫个灯生，名叫灯生，至少不用太怕什么了。叫寿生？免了吧。叫富生？免了吧。叫水生？免了吧。水太大，没了头颅。叫什么名字？叫灯生。灯生灯生灯生。叫个灯生挺好的，万样名里名灯生，巫婆神汉不上门。巫婆神汉不上门，茫茫人海一灯生。

53

当铺的门槛总是高的，小孩子抬腿进不去。小孩子也没什么可当的东西。当铺里是小孩子很少来的地方。当孩子可以迈过当铺的门槛进当铺时，有时候也带一点东西来当，这样的时候，凄苦的意味更重一些。那些当铺里的东西都一副落寞的惊魂未定的样子。都是谁的东西呢？可说不定。有些搁在当铺里的东西时日久了，要落灰尘了。时间里只有几个含混的走远的身影。时间里没有一张脸是可靠的清晰的。有些鞋袜衣帽是死人遗落下来的，确实还可以穿戴很多年。有些镯子簪子是很年轻很好看的女人交出来的，日子一逼迫，她们就交出来了。只要搁在当铺里就还有些指望。但是交出去的一瞬，指望也就渺茫得很，看人生的眼光深了些儿。要是噩运到此为止，不要更坏，也是可以的。阿弥陀佛。运道好的时候，谁念阿弥陀佛阿弥陀佛呢？谁哭着念阿弥陀佛，谁就算在转弯的地方明白了过来。常跑当铺的人背着一个老算盘。当铺里最贵的东西有多贵呢？当铺里最便宜的东西猜猜是什么。我无物可当，打算着把自己当出去换一杯水喝，换一个馒头吃。当人到了要当自己的时候，那真是一文不值。当铺的门槛高了，你变成孩子进不去。生意最好的当铺里也一派衰败气息。我喜欢把银器留在当铺里，不再取回。我喜欢和当铺里老年的掌柜说说什么。我喜欢当铺里用久了的老算盘。我喜欢当铺里各样东西混合起来的浓重气息。我喜欢当铺里高高厚厚的门槛。我喜欢当铺里什么都不愿看见的镜子。我喜欢当铺像个身体健壮见多识广的太监。我说，当铺，你好，你这人世的肿瘤，你这大算盘，你这突然让脚抬不起来的门槛。当铺好像越来越少，我向着当铺的方向瞥了一眼，好像一眼就看到了历史的深处。

54

果子太多。各种味道的果子。你要遍尝果子的滋味吗？吃最多果子的人也有太多果子没吃到。你不知道这世上究竟有多少果子。不要为你的舌头太费心操劳。舌头最后什么都没有。舌头和它尝过的味道都不知所终。死人的牙齿在荒野里和干驴粪在一起，谁记得它细细咀嚼过什么。我看见果子在树上。摘果子的手很多。有的手伸到了树梢上。有的手要拿更多的果子从而变形。有的手怎么也摘不到果子。有的手不知道摘哪个果子才好。我只是看一眼。我一个果子也不摘。拿果子诱惑我的愿望我让它落空。我嘴里空空的，牙齿无事可干。舌头安静着如坟中之尸。果子掉在头上打得头痛。我呼出一口气，觉得自己没有了，我赶紧享受这一刻，享受硕果累累的时候，自己没有了的感觉。有是你们的。有生机勃勃，繁衍不绝。要什么有什么。太多有使眼睛不够。我在无这边。已经无法抬腿，走到有那里去。同时觉得满足。觉到无的满足，弥漫遍布，不可言喻。

55

作为一个读书人，我的一个体会是，不要读太多的书。与其读太多的书，不如把很少一部分书多读。我用以多读的书还没有挑选出来，要选出 10 本 20 本来，捉牛鼻子那样读，这样就不枉是一个读书人了。从炼狱里出来的人写的书，如果有幸碰到，我就读读，从炼狱里出来的人说不了多少话，他们的书都很薄，说是他们，其实为数不多，少得像个单数。我把他说的话看上一句，就觉得我手里拿着钥匙，并且很清晰地看到了锁孔。

56

有一年和梦也去青海，在西宁的一家古玩店，看到三本《鲁迅全集》，全集共 20 卷，古玩店只有 3 卷，1948 年版本，红布面精装，七八成品相，近七十年过去，那红布依然红得热烈，像沉浸在喜庆的事情里忘了出来似的。我对鲁迅，是有强烈又持久的兴趣的。我买书最多的作家，莫过于鲁迅，种种版本算下来，能装满一个书架。记得老板当时开价 1200，没有拿。回来后却总是不能释然，一直记挂着这几本书，前段时间，在孔夫子网看到这套书的全集 20 卷，标价五万五，当然是看看而已，同时就想起了在西宁古玩店见过的那几本，留有老板信息的，于是发信息问这几本书还在否，答说在的，问多少钱，几番讨价还价，言定 800 元成交，快递费到付，也就是我来付快递费。很快就收到了自己惦记了好几年的几本书，赶紧翻到后面看，翻到版权页看，有所希望和担心似的，一看果然如我所担心的，我希望看到的东西没有看到，那里空空的，就像佛头被谁悄悄盗去了。原来这套书在版权页，特意留出一小块位置来，专门用来粘贴鲁迅先生的印章，就是"鲁迅"两个字，但是我买得的书里，印章被揭去了，有一本揭不得法，还留了一点残余在书上。在我心目中，三本书 800 元，其中那三个印章就值最少 300 元，现在却是一个也不见，我的心情可想而知，终于忍不住，几天后致信西宁老板，问说三本书版权页的印章哪里去了，老板一脸委屈回信过来，说他当时收到就这样的，他不知道后面有印章的事。细看看书上的揭痕，确实好像是一个老伤疤了。没什么可讲，只能如此而已了。

57

春节期间，忽然发现自己微信里的表情包变了，就像一场雪后，黑狗变作了白狗一样，非常碍眼，非常不能适应，可能是不觉意间碰了一下哪里，导致这样的突兀的变化了。比较于文字，我是常常用表情包的，觉得这种简易手段更合为我所用。忙忙请求儿子给我换回来，换作原来的表情包，儿子说，这是表情包升级了的原因，表情包升级，就成了这样子，换不回去了，不但我的，他的表情包也成了这样，不只我们的，所有的表情包都成了这样。就觉得升级的多事，用得好好的，升什么级啊，而且都已经用习惯了，这样的表情包还怎么用。我看着升级了的表情包，就像看着美容失败的一张张脸那样。这大概是前三天的心情。现在，升级后的表情包我好像已经用得有些习惯了，吃惊于对这种变化的接受之快，适应之快，人是如此的容易健忘吗？

是如此的容易于接受和适应吗？我竟从升级后的表情包里忽然看出好来，看出这种升级的必要来。这其实是应该暗然心惊的事情：当人被无端剥夺后，再强行塞给新的替代物时，如果觉得自己在其中起不到什么作用，妥协和顺应就成了容易的。

58

听到有一样好生意是和尚们才能做的，就是随你出价高低，可以帮你托生到不同的地方。比如出价可观，于是在唯有他们知道的地方走个后门，你就会被托生到瑞士这样的地方。如果到死铁公鸡一毛不拔，那就等你的结果吧。把你投生到生不如死，不得天寿的地方。好像地球上这样的地方是很多的，只要和尚们不高兴，只要和尚们不帮你走后门，那是只能落生到这样的地方的。

59

我发现在舞台上表演的马一律被喂得肥肥的，好像快要不像马了似的，而且舞台上的马做出一系列动作来，是马在别的地方时做不出来的。当马从草原上被掳到马戏团后，一切都变了。

60

在"快手"里听了两个人的乐器演奏，一个是手风琴演奏，一个是二胡演奏，手风琴演奏者系某大学音乐教师，一招一式，颇见功夫，二胡演奏者则只是音乐爱好者，连用来演奏的二胡也是他自制的，但看得出，也属民间高手了。两相比较，觉得，专业自有专业的好处，就是训练有素，看不出什么破绽，技术上好像更胜着一筹，但民间乐手，也有着他的特别之处和独到之处，好像他的演奏不给人重复感，好像他每一次演奏都像是第一次演奏，技术也不是不过关，而是与专业技术有别的另一样技术，而且，好像他对我们熟悉的曲目做了新的理解和呈现，使我们从熟悉的作品里听到一些新鲜的异样的而且是好的东西，给人启发：原来一件旧作，当你以新的方式呈现它的时候，它就好像因此成了一件新作。尤其感情的成分，演奏者在作品中参与的程度，民间演奏者都是强过专业演奏者的。一个想法是，让这两个人PK打擂台，看谁的支持者更多一些。这个过程和结果会是很有意思的。

61

鸡是有翅膀的。鸡翅膀不是用来飞的。千百年来，没有谁对鸡提出过飞起来的要求。鸡翅膀就像棉袄那样。有时候鸡翅膀像遮阳伞，护着它的孩子。所以鸡翅膀也不是可有可无。然而说到翅膀，我们总是想到飞，好像只要有翅膀，那么飞就是应有之义。如果有那么一只鸡，它想飞起来，它想把它的翅膀最大程度地利用起来，它一直训练着飞，会怎么样呢？大概它是飞不到麻雀那样的程度。有时候，刚刚开始的限度就是最终限度。

62

两个短篇小说的名字，记下来，一个是《穷人的算盘》，一个是《大字报》。一种写作的习惯和办法是，先有一个好的小说题目，然后去寻找符合这题目的小说素材。有时候则是恰恰相反，小说已经写出来了，但是还没有名字。给已经写好的小说起名字是很费心神的事，好像没有一个名字适合这小说，又好像可以寻出很多名字来。给小说起名字并不比给孩子起名字容易。我好几篇小说都起了《往事》《旧事》一类名字，就是实在找不到合适的名字时，做的权宜之计。记得作家谌容写过一篇小说，题目有一段话那么长，近百字之多，即使极为必要，作为小说，那样的名字也是不好的。不好记。不方便记。鲁迅是给小说起名的高手，《高老夫子》《孔乙己》《在酒楼上》《伤逝》《祝福》《眉间尺》等等等等，给人一种随手拈来，不二之选的感觉。其实是和积累修养有关系的。

63

博物馆里担任讲解的女子用训练有素的手势指着说：这是西施用过的镜子。据说每次这样说的时候，她都会忍不住哽咽一下。听的人就纷纷探头去看镜子，不知道想从镜子里看到什么。讲解的女子在一边看着，见惯不怪了那样。我有意落在后面，远远把那镜子望了一望，在我算是一个必要的凭吊。要在那镜子里再出现自己的脸，就觉得是很不合适的事了。偌大一个博物馆，穹顶高耸，带有凉意，多少林林总总价值连城的东西，我只是记住了其中一样：西施用过的镜子。

64

不同国度的人，写日记的尺度是不一样的，同一国度的人，在不同的时段，写日记的尺度也是不一样的。从中可以看到很多东西。再浅显不过的道理是，在相对大的尺度里，人们会写出更多的东西。

65

在早已朽腐的门上钉了许多新钉子，觉得并非徒劳，而是很有必要的。我在钉满钉子的门前站着，冬日的天空望不到头。就觉得心里的恐慌和希望一浪一浪地交替翻涌而过。

66

我如果是旗子，就是一面行将残破的小旗子，单独举高在风里，上面什么字也没有。我是没有字的小旗子，但是喜欢感受风。是旧旗子。是被各式各样的风吹过许多次了。

67

像树叶那样无以数计，像树叶那样不需要名字。像树叶那样在高处看见，在低处安睡。说不清有多久了，树叶一代代尽情繁衍并随时凋落着。生死牌就这样哗啦哗啦翻得响着。

68

年前年后，人的心情是很不一样的，年前好像一个在牢里住久了的人，方方面面都已经接受并适应，年后却成了一个逃犯，如惊弓之鸟，却不知逃往哪里去才好。

69

梦见我还是孩子。在老旧的药店里被安排数零钱。零钱多是钱不太多的人送来的。因为患病，把家里的羊卖掉，把鸡卖掉，把米卖掉一些，来买药。一大堆零钱里其实有很多故事。也不用讲。生活就是那样的。生活暗中运转，一般没有什么大的响动。我把钱按币值大小二十个或三十个串在一起。像从小姑娘头上剪下来的辫得紧紧的麻花辫似的。这些钱都不是我的。但是却一一经我的手而得以分门别类。慢慢我喜欢上了这个工作。我好像说不清楚地喜欢零钱更多一些。好像我喜欢的任何东西零钱都可以买来。甚至我觉得不必要买什么，有这些零钱就够了。这些零钱不是我的也没关系，我能数数它们就可以了。把所有的零钱都整理好，串成串后让它们直挺挺站着，排成队列，我看着觉得有成就感。然后怀着满足的心情把它们盛在小菁篮里交上去。

70

虫子在看不见的地方兴致勃勃地活着，虫子有虫子的活法，不需要教导和引领。但是一被看到就坏了，你们是虫子，竟这样子偷偷摸摸欢欢喜喜活着，这会引起不满不快，而打搅甚至侵犯虫子的生活是没什么代价的，结果是虫子没有活好，谁又因此活好了呢？就算把虫子吃了又能怎么样呢？发发慈悲，看到虫子了也装作没看见吧，让虫子在我们所不知道的地方自得其乐活它们的去吧。这需要发发慈悲。因为不发慈悲的心一律是乖张的。

71

和朋友闲话，说如果先形成一种气势，形成一种震慑力，使场面肃静了，然后上来不问三七二十一打嘴巴，每个人五个嘴巴子，但其中一人只打了三个嘴巴，那挨了三个嘴巴的人就会有优越感有感激心，并且从心里觉得，如果是这样一个打法，那打嘴巴就是可以接受的。过后还要炫耀，就碰上了打嘴巴的事嘛，我只是被打了三个嘴巴，其他人统统五个嘴巴子打过去。

72

最好的绸子手感绵软，让人生出很多的感情来。

73

后来的情况是，什么果子都没有味道了。桃子还是桃子的样子，杏子还是杏子的样子，西红柿还是西红柿的样子，甚至样子都很好看，但是吃起来都没有味道了，像吃的不是它们了。这许多的好味道还会回来吗？谁都知道不怨果子，果子只是依照实情体现出来了而已。

74

水质坏了，鱼或者逃掉，或者在变坏的水质里继续活下去。要知道鱼从所在的水里逃掉是不容易的。那么就在这样的水里继续活下去。鱼总体来说是被动地活着。生在怎样的水里就活在怎样的水里。但水质变化后，让鱼不因此变化是不可能的。至于变成什么样子就说不上了。水面混浊。水草发出腥味。打鱼的人还要在这样的水里打鱼为生吗？水质变坏后，会带来一系列恶果。也许最后是水没有了，鱼也没有了，只留下一个惊心动魄瞠目结舌的大坑。那些一度繁荣的地方荒寂起来是很可怕的。

75

公园里的树上，许多的喜鹊窝。一眼能看到好几个喜鹊窝。有时候一棵树上就有着两三个喜鹊窝。在有些树上搭窝，有些树上不搭窝，喜鹊一定是有选择和考量的。如果加以研究，一定会研究出要紧的学问来。其实和人们选择家园的标准是一样的。比如采光好啊背风啊不易受雨淋啊等等。看见一只喜鹊在树梢上立了叫着，好像看到了远处的什么似的。看到十来只喜鹊落在草坪上好像在商议什么。看见两只喜鹊在湖边上顾盼交流，不知道它们是一对夫妻还是别的。看见一只喜鹊在树根里跳来跳去觅食吃。照这样看，或许公园里有几千只喜鹊呢。喜鹊这么多，尤其这么多喜鹊窝架在树上，树边的湖水可以把目光在粼粼的波光中带向很远，前面有人用大扫帚不紧不慢地扫着走道，就觉得应该沉浸在这一刻，不多思虑，享受一时是一时吧。

76

看某某作家的照片，年轻时的留影，显得多么迷人。但是看她晚年的照片，好像命运的突然袭击，使她到死都没能缓过来。她的脸好像千层鞋底那样走的路太多了，她的眼神好像即使有天大的喜事也难以完全激活了。

77

看电视《越战越勇》栏目，一个来自东北的钢琴油漆工，长得很像毕飞宇，气质也像，只是个头稍矮了一些。他借着做钢琴油漆工的方便，自己摸索着弹钢琴，已能弹一百多个钢琴曲。节目现场弹奏了几个曲子，我作为外行听来，是相当地不错了。于是就想到很多说法，歪打正着啊，无心插柳柳成荫啊，近水楼台先得月啊，等等，还想到偷艺一说，如果真是那个材料，偷艺偷成大师都是有可能的。世上的事，好像有时候就是要拧着来，借此给一些人机会，给另一些人以打击。个中滋味，颇耐咀嚼。

78

我一直是新疆篮球队的球迷。可能是因为自己是一个西北人的缘故，家乡没有篮球队，西北五省，也只有新疆在 CBA 有一席之地，于是就顺势做了新疆男篮的球迷，多少年过去，忠心耿耿，没有变化，广东队辽宁队都是 CBA 传统强队，但是觉得和自己关系不大，输了赢了，无关痛痒。只格外关心着新疆队。新疆队近来有些走低，让人着急。新疆队也是传统强队，得过冠军的。但不知高层是怎么想的，把得冠功臣亚当斯不要了，要来一个叫克拉克的取而代之，这克拉克，名头响亮，是 NBA 冠军队成员，在 NBA 都有过辉煌业绩，熟悉篮球的都清楚，虽说都是打球，但 CBA 和 NBA 就是两个概念，不可同日而语。请来克拉克，想着是要靠克拉克大杀四方，显然是想错了，就像 NBA、CBA 是两个概念一样，在 NBA 的克拉克和在 CBA 的克拉克也判若两人，几乎就不会打球，攻防两端都显示劣势，甚至还不如新疆队的几个本土后卫，比如曾令旭等。往往是，新疆队刚刚取得一点优势，换上克拉克来，三分钟两分钟，这点好不容易建立起来的优势就让克拉克给挥霍掉。克拉克自己也显得困惑和沮丧，好像他自己也不明白自己为什么把球打成了这样子。就是因为克拉克，新疆队的排名一路滑了下来。看着换克拉克上场就担心，看着球队一路成绩下滑就着急，忍不住就想，为什么还留着克拉克呢？为什么还让克拉克上场呢？比如试错，还要试多少次呢？试到什么时候算完呢？有人会说，都是篮球专家在那里，肯定有人家的考虑，用得着你操心吗？但无论怎样的道理，在屡屡输球面前都会成为全无道理。想着当时新疆把亚当斯送走，是认为亚当斯打球太独，虽然个人能力超强，但团队意识弱些。那么就要找一个比亚当斯更强的人才合乎逻辑，现在却是找了一个拖大家后腿的不上则已，上必输球的克拉克。是贪着他的牌子亮吗？当亮牌子没有了现实的作用时，那亮牌子还有什么用。常常有这样的现象，大家明明看见选的那人不合适，很不合适，是实践屡屡证明了的，但还是等着，还是耗着，不知在等什么，不知耗得起耗不起。明明看着选非其人，明明看着因为这个人而带累甚至带毁整体，但就是没人说，一径这样子下去。爱之深责之切，球迷的心也是容易凉的，等你不加反省不知自救地一滑到底，球迷也就丢开你了。虽然谁都不甘心结果落得如此。

79

把心作为一颗种子，种在土里，使心总是在孕育和成长的状态中。

80

快马加鞭是很糟糕的。已经是快马了你还打它，想让它怎么着你才满意呢？这肯定是一厢情愿的表述而已，问问马的感觉吧。

81

艺术一旦获得了生命，就长生不死。

82

在灯里添过油后，灯还是原样子亮着，但是给人的感觉很不一样了。岁月的底蕴和希望好像就是这么来的。

83

想想凤凰要打理那么多的羽毛，就觉得真是太累了。那么多羽毛，使它飞起来也不方便。其实仅仅用于飞，是不必那么多羽毛的。

84

小儿学问止论语，先生有道出羲皇。——何绍基。

85

失败是里子，成功是面子。失败让你回到根部，成功让你不知天高地厚。失败让你看着很多人忙碌，成功让很多人看着你忙碌。失败跌得重重的，成功让你飘起来轻轻的。

86

记得看过的一则小故事，说是二人行于途中，看到道边一树，树上果实累累，就有一个人露出惊喜的样子欲上前采食，另一人则是望望而已，并不动手，果然那人吃了一口，发现很不好吃，一口也吃不下去。同行者就说，树在路边，多有果实，如果可食，早就采摘一空，还能轮着我们吗？故事的焦点落在了那不动心者的远见卓识。确实是独特的视角和不凡的认知。但我忽然感兴趣于那树结了累累不可以吃的果子。觉得生当如此树，既有结果的快乐，又不讨谁的喜欢，一个也不给你们吃。

87

树上那么多叶子，分布在树的不同位置，有的在树梢，有的被别的叶子遮挡着看不见，有的则长在树冠的最下端，但是分不出高低贵贱，好像在哪里都是好的，在哪里都可以各安其位，在哪里都受着同等待遇和生的欢喜。人就不是这样，被安排在树梢位置的人觉得他比别的位置的人优越多了。别的位置的人也如此认为。树叶凋落后是看不出它们各自在树上的位置的。和树叶在树上时无不同一样，凋落后的树叶看起来是一样的。人死后还在穷讲究分高低，在墓上大做文章。人真是蒙蔽太深，不智之至。

88

社会像一个巨大的冷漠的以无数零件不停运转的庞大机器，圣人贤士和流氓恶棍卷入其中的结果是一样的。

89

他说，镜子有时候像一个盲人。有时候像一个谜底。有时候像一个推心置腹的朋友那样说，来我们好好谈谈。

90

好像有这样一个感觉，那些上了年龄的盲人能看到我们看不到的东西。

91

标点符号的作用在标点符号缺失的时候才能体现出来。上了年龄的写作者在用标点符号的时候有两个特点，一是多用逗号和句号；一是问号少了许多，感叹号几乎一个也没有。

92

吃鸡蛋吃就是了，没什么特别要说的。但是当鸡蛋孵到快要出鸡娃的时候，你再吃一个试试。实际上是一个。所以为吃鸡蛋的人在吃鸡蛋时不多想，竖一根大拇指。

93

非常努力而不期待。努力是快乐的，期待是空的。

94

一声令下，钉子全部失去尖锐。

95

一地的花随风摇摆。仅这个也是看不够的。我很容易贴近和转化，一会儿成为花中一朵，使别的花都成为虚景，一转眼又成为千朵万朵，如火如荼开着望不到边，一会儿又成为风，与每一朵花互动共舞。其中的风景和欢喜都是无穷尽的。

96

马和马的区别在于一个干了这个，一个干了那个，区别只在于所干的事情不同，马和马本质上是一样的。

97

有很多马，干了一辈子驴子的事。也没有听到过什么抱怨和抗争。牲口对命运的认同和顺从达到了惊人的程度。

98

有时候下大雨，尤其是久旱之后的一场透雨，看雨带着不可遏制的激情下到地上，从地上激起一股呛鼻的味道来，就觉得不是在下雨，而是在下酒，陈年老酒，毫不吝惜地足量地以最为激越的方式灌注到地上，使天地之间摇摇晃晃，如真似幻，要舍命大醉一场了似的。

99

羊的命运就是不需要任何理由的被屠杀。羊性情温顺，不给这个世界带来任何麻烦，但是最终一律被杀掉。被碎尸万段。被敲骨吸髓。被食肉寝皮。人类中十恶不赦的人都不一定轮得到的命运，竟然是羊的整体命运。但是听听羊的叫声吧，这叫声自始至终是让人放心的。而且杀掉一层一层又来，好像它们自己需要对它们的杀戮继续下去永无休止。命运的力量是粗蛮的，是无理可讲的，是不可思议的，是谜底出现在瞎子面前。

100

我每天都看镜子。并看到自己是假的。凡镜子能呈现的都是假的。在镜子面前，我既不固执，也不执着，好像笼头被解开后，才发现并没有什么可以释放似的。

101

镜子是个医生，能看很多病。

102

我站在镜子的背面，就像捉迷藏的时候，悄悄站在那个找我的孩子后面，这样他是永远找不到我的。有时候非常享受藏起来的感觉。

103

有这样的事，其实一句很平易的话，被理解深刻的人听成了深刻的。反之亦然。所以说话听话的时候，总是须把握两点，一是看谁说，说了不一定能听懂；一是看谁听，听到的多过了说到的。有时候大头儿在说的这一边，有时候大头儿在听的这一边。

104

某饭馆推出一款无刺鱼。确实，鱼而多刺，吃起来是比较麻烦的。果然这饭馆火爆起来。但火爆不久就消停了。虽然没有去问究竟，却觉得这样的结果是必然的。从一事一物里，只想留下于自己有利的部分，就会失掉整体。就像如果你先是努力着接受看起来似乎不利于自己的部分，因为整体总是不可分割的缘故，当你接受了不利于自己的部分后，利于自己的部分就会自动留下来。正所谓求而不得，不求反得。

105

听说蜜蜂射出一箭，自己也会因此死掉。那么就可以说，蜜蜂这搭上性命的一箭，不到万不得已不轻易动用才是。蜜蜂应该是知道这一点的。但是看实际情况，很多时候，蜜蜂都是误判了形势，于仓促忙乱中突兀地射出一箭，使它白白搭上了性命不说，让原本对它并无恶意的对象也多了无谓的痛苦。这真是一个悲剧。就是在如此极端的行为里，其实没有赢家，都是输家。蜜蜂作为进攻的一方，输得更惨。细想想蜜蜂的舍命出箭，几乎都是过度反应。究其深因，不外乎两个，一是蜜蜂这种小生命，脾气大，易暴易怒，关键的一点还在于，自己太弱小太没有安全感，于是不出手还好，出手便错，又不加必要反省，所以死了近乎白死。如此说来，蜜蜂的箭使它表面上像个起起武夫，实际倒是把它害了的。

106

一种手段是，让大家互换生活过过，让蜜蜂去过苍蝇的生活，让苍蝇来过蜜蜂的生活。把沉溺在粪便里的苍蝇都赶到花海里去。至于为什么要这样的原因，那是可以说出无数的道理和学问来。有很多这样的道理和学问，振振有词，不容一辩。

107

有一个叫潘主兰的书法家，老实说，作为一个还算喜欢书画的人，却从来没有听说过这个人。这人和我们同时代的，2001 年才去世，为什么没有听过这个名字呢？是他的书法造诣不高吗？但是据说赵朴初先生就很看重此君的书法，当有人从福州风尘仆仆到北京寻赵朴初先生求字时，赵先生说，你何必舍近求远呢？福州的潘主兰先生就比我写得好。启功先生更是说，他愿意用自己的两幅字换潘主兰的一幅字。可见潘主兰先生的字确实是不错的，不然两位已获定评的先生绝不会如此言语，须知大艺术家在褒贬方面是很谨慎的。有好手段却名声不得显扬，因素是复杂的。对一些想搞这方面学问的人，其实是值得探讨的。就认识论方面说，有一点不得不承认，当艺术造诣达到了相当程度时，就超出了一般的判断力，需要匹配的眼光和认知才能做出准确的判断，这就是在赵朴初启功两位先生已经隆重地推荐了潘主兰先生后，无数人依然看不出潘先生好处的原因。然而出于投信任票的缘故，说潘先生作品好的人会渐多起来，为什么呢？因为赵先生启功先生都说好啊。所以在艺术方面，一个极其要紧的尺度是，不看多少人为你叫好，须看谁在为你叫好。

108

记得朋友陈继明的一篇小说里写到这样一个情景，说是一天早晨，主人忽然发现他的马的尾巴被谁断去了一截，主人看着那马，看了一会儿，忽然禁不住笑起来，一笑而不可收，几乎是要笑死。当时也只是记住了这个特别的细节而已，过去了这么多年，过了半百之年时，忽然觉得由此有了新的很强烈的感受，觉得看着莫名其妙被断了一截尾巴的马，是忍不住要笑出来的，会笑出很多眼泪来，会把人笑死的。马无辜地一本正经地站着，好像对于自己尾巴的被剪去，它无能为力，听之任之而已，又好像它并不知道自己只剩了一小段尾巴。要在一瞬之间杀杀马的威风，使一匹马很快变得不像马，最便当的办法就是需要一把剪子，然后剪去它的一段尾巴就可以了。

109

中年了，参与人生的劲头一再弱下来，各种味道都尝够了似的，未曾尝过的味道也不愿意再尝。没有什么遗憾。觉得自己好像是因为不合格被叫出队伍的人，站在一边看着合格的人们忙碌，觉得所有的人所有的事情不过是自己眼前反复看到的这点而已。

110

至人无梦。我是梦很多的人。多系噩梦，不知道为什么会如此。也许自己胆小的缘故吧。总是有许多不安与惊怕。生活本身并不至于如此的。总是容易放大生活中那些让自己不安和惊怕的东西。其实应该相反着才好。昨晚一梦特别，梦见我的四姨，像长山赵子龙那样全副武装骑在马上，操着长枪和一只狗缠斗，那狗身量不大，但是极其凶顽，像一只着火的刺猬似的，不达到一个目的绝不罢休的样子，四姨的武功不错，但也集中了精力来对付小狗，不容稍许走神似的。长枪点点戳戳，形成了一个范围，使狗不能进去，觉得长枪只要百密一疏，稍有不慎，一旦让小狗突进去，则一切不可设想。这阵势有些滑稽，但双方不相上下的战力又使你不得不重视到相当程度。这总归是有些悲哀的，于小狗于纵马上阵的四姨都是，无论如何，他们是不该打斗到一起的，都给人一种选错了对象的遗憾感。如果不看小狗，只看四姨的架势，还以为她在和谁鏖战着呢。如果只看小狗，也想不到对面是这样的一个对手。我觉得这消耗太大了。我在旁边想做点什么，于是我高喊了一声，小狗好像明白我这一声是喊向它的，一个撤步后，掉转方向，没头没脑地跑掉了。四姨收起长枪，向小狗消失的方向看着，似乎要从这场奇怪的战斗中明白过来。我总在暗处，为自己看了这样一场戏而心里不是个滋味。

111

本质上就好的东西其实是不在乎褒贬的。就像口袋里装金子的人不必弄几个人来猜他口袋里到底有没有金子。

112

一学者。名声不小。有着一定的影响力。他的文章我确实是佩服的。但是看到他也写书法，很大的字写在很大的纸上，就我的眼光看，字写得不怎么样，像用老扫帚扫院子似的，不但扫不干净，还带出很多的扫痕来。我对写字最低的一个要求是，可以写得不好，但是一定要写得认真，认真写却写不好，是完全可以接受的，毕竟人人不是书法家，有人写字一辈子，也踩不着好书法的门槛。写字写成那样子，还每写必大字大纸，是有些浪费了。当然他会说关你何事，浪费的又不是你的纸。但不计谁的纸，总是浪费了。和朋友议论这事，朋友说，字写成那个样子，自己确实是不知道的，人总是盲于自知，圣贤都不能免此，但是他周围的人，他的家人、同事、朋友们就看不出吗？看出来怎么不说上一声？让他或者静下心来好好练字，或者就偷偷写好了，不要再张榜示众，宣之于外。我们分析说，之所以任他丢丑露怪而无人进言，一是大概这人脾气不好，脾气不好的人是难以收获到有益的进言的；另一因素可能更重要，就是这人学者而外，还有行政职务，于大家有实际作用，说了你的不好，丢了我的好处，傻子都不干这样的事。于是就你写你的，我看我的，需要帮腔时，喊几声好，竖一竖大拇指，这都是很便当很容易的。朋友说，你信不信，肯定有人当场夸这字写得好，极好，极有风骨风格极具自己的面貌，把写字的人都说糊涂了你信不信？利害作祟时，任何话都是能说出来的。

113

一个现象或实情是，当你致力于经营面子时，就顾不上经营里子了，因为时间和精力只有那么多，一边耗费了，一边就搁置了。而且越是致力于经营里子的人，越是不在乎面子是什么样子。一般来说，有好里子，面子也不会差到哪里去，全部的用心都在面子的，面子就成了一个遮丑的帘子，要是不小心拉开这帘子，这后面不只他不让我们看，我们也不愿看。面子和里子原本是一个，企图把这一个东西分开来说的，其实已经是藏了猫腻和歹心。

114

比较于别的店，金店里的成交率是不高的。小区有一个馒头店，加上厨房，不足二十平方米，一对小夫妻经营着，生意好的时候，一天能卖出七八百个馒头。但是金店里一个柜台，趁着给母亲买戒指的时候我也咨询过，一个柜台，一天卖出一件就不错了，最多也卖不出三件，一件也卖不出的日子也是所在多有，习惯了，也并不急躁，习惯了金店里的买卖就是这样的。看着金店里好看的店员闲得剔指甲，我就想起那一对做馒头的小夫妻来，他们可真是太忙了，忙得鞋带开了都来不及弯腰系一下。就是这样，不同工种的人们以符合该工种的方式存在并忙碌着，各各度过了自己在世上的一小段时间，甘苦自知，如此而已。

115

在油锅里煎着的鱼竟然还活着，油星四溅，显得热闹，虽然看着但是看不到什么。因为哲学家说过，一切都是考验，尤其考验最为剧烈的时候，触底反弹，极而必反，意味着坏日子将要到头，好日子快要到来。油锅里的鱼是受到过这样的教育的。它因此在油锅里还活着。感到越来越多的部分被煎熟着，感到正身不由己地过着一个边界，有些迷糊不清了。

116

在小白的书摊上买到一本《难字字典》，回来翻了翻，却觉得不会有太大用处。第一人们在用的时候通常都用那些不太难的字，更主要的是，不太难的字似乎已经够用了。用一个不太恰当的比喻说，难字好比奢侈品，即使一件奢侈品不用，对人们的日子也是不会有大妨碍。但是备一本《难字字典》在家里在手头，却也是读书人的应有之义。

117

他在旷野里拾粪的时候，看见几个小鬼抬着一面镜子走过，就忙忙躲起来。镜子有些重，小鬼们显出使力的样子。等它们渐渐走远，只看见一小点白光时，他才走出来，看见一绺新鲜的马粪，还冒着隐约可见的热气。奇怪，并没有马队走过啊。好在他历来是只管看见，并不深究的性格，他走过去，在小风的徐徐吹拂里把那些马粪拾到自己的背篓里去。太阳在空荡荡的天上，小幅度打着秋千似的。

118

一个写作设想：想写出历史中的一些瞬间，这些被云层中的闪电照亮着的瞬间，人影晃动，经久不息。

119

念经的猫儿刚刚吃完两条小鱼。阳光从大窗户进来，照着猫的大半个身子，从呼噜呼噜的念经声里可以感到它是多么的惬意舒服。炕上还有女人和孩子。女人在熨着衣服。孩子睡着了，做着什么好梦似的不时要乐一乐。孩子的两个小脚丫在阳光里，像被阳光格外地爱抚着。静静地多么富足。好像生活好到了无可挑剔的程度，连刚刚被活活吃掉的两条小鱼也不该有任何抱怨似的。

120

楼上在装修，动静很大，电钻在钻墙，好像直接顶住人的后脑勺往里钻。好像一个壮实的牲口掉转屁股对着你的耳朵粗鲁放屁，而且放个永不消停似的。好像把你的头塞入一个大声轰鸣着的机器里去，而且不允许你拿出来。我还没有说什么，我楼下的不答应了，在群里责问着，说这么大的动静像话吗？屋主马上在群里回话说，请大家原谅，是在装修，但只是白天装修，晚上休息时间就停下来。晚上当然是要停下来，难道晚上还要弄得大家睡不成觉吗？现在问的是白天这样闹可以不可以。确实是太闹腾了。但又有一个不能不明白的道理是，谁家都要装修房子是不是？有哪一家是不曾装过房子的吗？也就是说，每家都打扰过大家。楼上这家，之所以装房子，是因为房子卖出去了，换了主人，这样一般来说都是要收拾收拾的，也就是说，道理上是讲得通的。装修房子在七楼，我在六楼，而且就在我的头顶正对着，我是最直接的受害者。这可怎么办好？不知道这样子闹腾需要几天。虽然从道理上是完全理解的，从情理上是完全可以体谅的，但持久地处在一种强烈的被干扰里，还是忍不住情绪激动，一再想上楼去理论理论，能理论出个什么呢？说到底人家装修房子是再合理不过的需求和权利。钻头又多了一个，显然在另一面墙上也钻了起来。就觉得类似这样，理和情是很容易冲突的啊。

121

走到果园门口那里还需要一大段时间。就埋头默默走着，也不着急。也不心有他想。但是走着走着，忽然看见果园的园墙塌出一个缺口，而且前面的人不怎么犹豫就从缺口进果园去了。怎么办？还要费工夫走到门口那里吗？好像也用不着多想，就跟着前面的人从缺口进果园去了。缺口那里越走越大，果园的门那里，反而是日渐冷清着了。

122

也讲不清为什么，学者们一律转为了塑料花的样子。也还有人浇水。风不甘心地一次次过来试探它们。不行，它们无法做出真正的花在风里的样子。学者们怎么了？塑料花能讲出什么来？塑料花摸上去尸体一样的感觉。

123

果子如祭品，谁吃谁招祸。

124

新娘子照镜子，如果作为歇后语的上句，那么下句该是什么呢？可作为脑筋急转弯试题一则。

125

有粮心不慌——说话就说这样的话该多好。

126

鸡汤喝多了的人会变成另一种人类。就像无论吹什么样子的风，他都会有本事轻易让这风只吹向一个方向。然而实情是，无论任何时候，风都不可能只朝一个方向吹着。

127

某杂志通知需要一张个人照片，像素须符合多少多少云云。像素是不大懂的，但肯定照片的质量要高一些，比如自己日常用手机拍的大概就不敷一用。于是决定到照相馆去照。就去了一家较大的照相馆。因为人人都可以方便拍照的缘故，照相馆成了一个多多少少有些古怪的存在。给人一种老古董的感觉。我把刊物的要求给照相师傅看了看，他专家那样点着头，一切不在话下的样子。我相信也会是这样的。但是没想到会要求化妆，涂脂抹粉一类。这个我是不大接受的。就要求换上照相馆的服装。为什么要换服装呢？把我这样子照出来就可以了啊。但我还是遵命换了服装，我是身量小的人，什么衣服于我也容易不合适，最小号的最小号的，我声明着，就凑凑合合换了一套衣服，白衬衣蓝西装什么的。说我的腰带也不行。鞋子也不行。照相师傅显然是在做着一个整体的要求。我有一种进入了某种程序不得不如此的感觉。一切都换好了，照相，又是摆桌凳又是摆花瓶什么的。我觉得是过于隆重了些，好像为我一个人做了一桌大餐似的。最值得一记的是照相的时候：一会儿让站着，一会儿让坐着；一会儿让头低一些，一会儿又让抬高一些；让向左偏偏，向右偏偏。下巴再稍稍收一些。眼睛不要眯着。干脆把眼镜摘下来试试。身子不要动。再稍稍靠前一些。头不要歪。眼睛看镜头。等等等等。哎哟照这个相。我觉得身子机器人化了，脸上糊了厚厚一层泥巴似的。这样子还能照出好相来吗？终于是照罢了。我心情复杂地说着道谢的话。三天后拿照片。现在都是即照即拿，三天后才可以拿照片，正说明这样的拍照和那种即照即拿的拍照不是同一等次的。我不知道自己被拍成了什么样子。这样的费工夫下大力气，把我拍成毕飞宇都是有可能的。三天后拿到照片，我看见了一个大致是我的人，白发已经一根也没有了，而且脸上的皱纹也被神奇地医好了，一个也不见。而且虽然我拒绝了涂脂抹粉，但照片还是被弄出了涂脂抹粉的效果。一句话，我被整成了一个小鲜肉。老头子被弄成小鲜肉还不好吗？还有什么不满意？没什么可说，拿了照片就走。我还算相对讲礼仪的人，但是努力着也没能说出谢谢两个字来。怎么办？约定的时间到了，再照来不及了，而且这照片无论如何说，它是符合要求的像素。容不得犹豫，就把这照片发过去了。

心里却是一个大病，觉得派出了一个替身似的。这大概是我照的最让我沮丧的照片了。觉到了一种被奚落被曲解。人们的标准多么不一样啊。照相师傅越努力，越要达到他心目中的那个目标，离我的标准就越远，其实只要符合像素，他随便给我照一张相就好了。

128

辛波斯卡说，即使写无聊的事情，也要充满了激情去写，并认为这是写作的铁律。在看似什么也没发生的一天里感觉发生了很多事情，辛波斯卡认为这正体现了一个作家的特质。我觉得从这两点说明，辛波斯卡道出了某种很要紧的写作秘密。

129

无论是谁写，感觉不到写就好了，如能感觉到写，就像看戏时感到时时在演戏一样，就不好了。让人能越过形式在本质的，都是好的，虽然形式是须臾不可以离开的。

130

后来，鲸鱼退化成了小蝌蚪，而且藏在水草里不敢出来，开阔的水面上除了水纹做着一生二，二生三的游戏外，再没有别的什么。

131

狼在羊群里肯定是有所作为的。

梦见我上错了车，但是无论如何都下不来了。车厢里都是维持秩序的人，不好乱动。在车上已经坐好了的人怎么动都好像是乱动。而且大家都是坐好了的样子。不时就查车票。我的车票明明有问题，但是查票的人仔细看看就给我还回来，好像我通过了某种极为严格的检查似的，好像我被接纳和认可了在这个群体这个车厢里似的。我满心疑窦，说不清自己怎么竟上了这样的车，而且竟没什么疑问地坐了下来。这一切已无法厘清，好像也不容根究。我看着窗外的样子，没问题是走错了。窗外的风景是陌生的让人不安的。车上的人好像又都认识都不很陌生。我就悄悄问了坐在身边的人，是一个年轻女人，抱着还在吃奶的孩子，孩子吃足奶睡着了，年轻女人也有了打盹的意思。我努力了一番，于是悄悄问她是去哪里。她说是去哪里哪里。和我去的是同一地方啊。难道她不知道坐错了车走错了方向吗？我格外着急起来。好像她的坐错车使我更要着急。我知道上点年龄是应该含蓄的，但还是忍不住说了车的方向不对的话。我说你看看窗外，不是我们要去的地方啊。是否坐错了车，是否坐错了方向，从车里面是看不出来的，要看车外面，向车外面看一眼就看出来了，尤其是自己的老家，常常回去的，难道会吃了迷魂药一样突然认不出来了吗？绝无可能。我虽然压低着声音，但还是饱含着焦灼和担心告诉她，我们是坐错车了。难道不是吗？只需要向窗外看一眼，但是女人用很古怪的眼神看了我一眼，就不再理我了。而且我觉得好像因此我们之间生分了似的，我感到她对我的防范和排斥，如果还有空座位，她一定会离开我到别处去的。又一轮查票开始了，你的票，我看见一只大手悬在我的额头上方，像一切高悬在上方不容置疑的东西一样，我就摸出我已经有些皱皱巴巴的票，恭恭敬敬地带些讨好地递了上去。

133

看到一个名字——马小盐，觉得比马小燕马小雁等等好多了。我觉得起名字的原则是，既不能太通常，也不能太离谱，如马小盐者就很好，给别人以启发，给自己以暗示，就可以了。起名字最忌太刻意。比如有人起名字，需要查字典才可以读出来，何必何苦呢？

134

狼的尾巴拖着，狗的尾巴卷着，多么细微而又重要的区别。越是细微的区别，越是重要的。当然也可以通过眼神辨别，狼的眼神和狗的眼神还是不一样的，比较起来，也就是说，狼的眼神我们看起来会觉得更陌生一些。

135

吃一样的五谷，害百样的病。

煮熟的鸭子飞了。

顶在头上怕吓了，含在嘴里怕化了。

老人的心在儿女上，儿女的心在石头上。

如上。

可见得老百姓多么会说话呀。有时候你会很遗憾地发现，最不会说话的倒是知识分子，说了老半天，不知道他在说什么。煮熟的鸭子飞了——应该说着这话，在他的额头上重重敲一下。

136

马跑起来的时候，他揪着马鬃。骑马久了，他知道怎么着揪马鬃才合宜，就是既能激发马的激情，使马有精神，又不能使马恼怒，身心不快。一句话，就是一种合作关系，而不是役使关系。

137

一生理想：不受人欺辱和挤对；从小病感知身心的脆弱和不牢靠，无致命疾病；从创造中获取报酬，而不必从竞争中获取报酬；能自立自足，不必多和人打交道；感受到劳动的充实和喜悦；能接受和承受自己命运中的一切；不缠绵病榻，死得容易。

138

看到一篇文章，觉得看题目好像已经足够了，题目是《整个社会陷入了一场"忙碌症"》。其中举了一个特别的例子，说是贝多芬的《英雄交响曲》，首次演出的时候时长六十分钟，1987 年的时候缩减为四十七分钟，不知道现在是多少分钟了。行到水穷处，坐看云起时——这样的人，一个也找不到了吧。

139

大毒枭被抓到的时候，才发现他竟然一米五刚过的个头，肩膀倒显得宽而结实，使他显得不很协调。他见到老朋友那样和警方开心地说话，从脸上的表情打死也看不出他是戴着沉重的脚镣。都知道他是走到尽头了。气氛有些怪异的热烈和轻松，好像多方面达成了一个理想的心愿似的。让大家不能释然的一个信息是，这个和毒品打了一辈子交道的人，从来没有一次吃过毒品。

140

一个不会说话的人在情急之下会说出很悖逆很混账的话来，为了过一时的说话关，他会付出很大的代价，这是会说话的人体会不到的。会说话的人会选择性地说话，不会说话的人因为没有这个能力，因而也就没有了选择的自由。举个例子，迫使不太会说话的人说话，就像狗突然咬上来时，这人手里拿着一件名贵又脆薄的瓷器，但是来不及考虑和从容反应，在狗扑上来的一瞬，就把瓷器扔出去。

141

观点：如果是写字而不是写书法，那么可以写得不好，但必须要让人很容易认出来；如果是写书法，那么可以写得不好认，但必须好。我这样说了，遇到较真的人，要求我说得更具体更分明些，我是再说不出什么来，我觉得我已经说出了我要说的。还有一个相近的观点是：百分百看不懂不算艺术，百分百看得懂不算艺术。

142

善于给大家提供鸡汤的人又讲了一个故事，说是一个人多次竹篮打水后，忽然发现竹篮子干净了，篮子上的一些积垢污物不见了，以此说明竹篮打水也并非只一场空。这已经说的不是打水的事了，这已经是从打水转到了洗篮子，完全两个概念了。但提供鸡汤的人不管这些，正如同用门板治驼背病，驼背是不见了，人却给治死了。但是提供鸡汤的人会指着躺在地上一动不动的死人说，看看，看看他的驼背还在不在。当有人提供竹篮打水一类鸡汤让我喝时，我就脾气一时不好得很，想把他揪过来按在水里，先淹他几个实实在在的猛子再说。

143

今年高考的时候，有许多人穿着旗袍去给考生们助威加油，为了加持力更强一些，一些便便大腹的男人们也穿了旗袍摆在那里，所以穿旗袍的原因，据说是受了旗开得胜的启发。就有调侃说，如此讲来，除了旗开得胜，他还可以提供两个有效力的成语，一个是脱颖而出，一个是光宗耀祖，这就不但要脱去旗袍，还要脱得光光才可以。不过依照现在大爷大妈们的见识和激情，脱光也是分分钟事。需要统计一下，这样的大妈大爷们究竟有多少，这个数据里的信息应该是很要紧的。

144

湖北十堰发生的一个事，值得一记，说是两个小孩在水边玩耍，不慎被水浪卷到水深处去，情势危急，很多人在岸边看着叫着，不知该怎么办，这时一个小伙子跳入水里去，小伙子水性好，很快两个孩子都救了上来。就在大家都在说着惊叹和感谢的话时，小伙子忽然说，刚才忙于救人，这才发现自己的项链不见了，两万多元钱呢。一下子气氛变了，大家的眼神也变了，窃窃的声音多起来，都想着小伙子这是要要钱哪。但是趁着人多混乱，被救孩子的家长带着孩子已不知什么时候离开了。小伙子还在说着他的项链的事。他在众人眼里成了一个很古怪的角色。有人说，要钱可以直说，救命要钱，说得通的，不必这样，说得小伙子有些张口结舌的样子了。事情的结果是这样的，后来小伙子搞到一套设备，披挂齐整，潜入水深处去了，他从水里再出来的时候，举战利品那样举着他的项链，落到水底的淤泥里了，这么大的一个水潭，竟让他给寻到了。寻到项链的小伙子很快就离开了岸边。人们在水边三三两两站着，说着一些闲话，后来也都散了。收藏家们收了多少自以为贵重的东西，还不如收藏这串项链呢。

145

　　看到一个案子，发生在上世纪八十年代初，那时候物质相对紧缺，一青年负责给某地运送大白菜。他有一个嗜好，就是路过街市的时候，喜欢用大白菜袭击年轻女性，把大白菜投出去，打在年轻女性的身上，女子虽然被打了一下，但是可以白得一棵白菜，所以两方面也是各有所得。须知在某些时段，一棵白菜是很有些作用的。但是一天却出了大事，就是路过街市的时候，看到一对年轻女性在路边闲话，其中一个瘦小的女子反而引起了年轻人特别的兴趣，觉得那女子的侧面是很好看的，他就想故伎重演，拿白菜打她一下。是这样的，就是说用白菜打自己喜欢的女子，往往是白菜已经送到，在返回的路上，年轻人送到白菜，总要留几棵白菜供自己娱乐。那天返回的时候，该青年看到一对年轻女子在路边闲话，周围再无别人，他就打出一个口哨，司机也是年轻人，知道他好着这么一口，与他有默契的，于是在听到口哨的一瞬，减了速度，车上的青年就把白菜向着自己中意的女子投出去了，正打中女子的前胸，女子捂了一下胸口就蹲下去了，等救护车来时，女子已经停止了呼吸，原来那女子有心脏病，吃这一吓，就死去了。据法律解释，一棵白菜也就三斤重，年轻人掷出白菜，原是要娱乐一下，并非存心伤人，更没有夺人性命的念头，所以掷出去的时候，只求打到即可，也没有用着多少力气，原本是要从此得点快乐，同时给自己中意的女子一棵白菜，想不到却发生了这样的事，最终女子因此失了性命，年轻人误伤人命也获刑三年，重温此案，感慨之余，不知说什么才好。

146

记得看过一个往事，说是一个女人和庙里的和尚交好，后来这女人又攀上一个同村的人，和尚知道后很不高兴，于是三个人到一起商量如何解决这个事情，商量的结果是，女人与和尚断绝关系，但是后来的这个相好要给和尚以补偿，补偿和尚人民币六十元整，先给一半，剩余一半说好一个时间付清，但是过了约定时间，和尚没得到这个钱，就不高兴，和尚思谋了一下，硬去讨债，说不定会打一架，那他是打不赢情敌的，一番思量之后，和尚决定去找女人，给女人一点颜色看看，告诉那女人，如果议定好的人民币不给清，那他们之间的关系就不算完，他还要把这根断了的线再续接起来。事不宜迟，说干就干，于是和尚来到了女人家里，女人不在，她的儿媳妇在的，正坐在伙房门外喂鸡，和尚和女人的儿媳妇说了几句，就说自己渴了，想讨一口水喝。女人的儿媳妇忙于喂鸡，让和尚自己进屋舀水喝，但和尚从伙房出来的时候，却拿着一把切刀，向着女人的儿媳妇砍去，那个喂鸡的年轻媳妇就这么着没了性命。问那和尚何以伤着无辜，和尚说，他进到伙房，看到伙房里一切都熟悉，那炕上自己和女人鬼混过的，现在又是别人在这个炕上和女人鬼混，这一想时，气不打一处来，就想报复女人，女人不在怎么报复？有她的儿媳妇在眼前啊，就这样发生了让人想也想不到的事。

147

　　一天在朋友家里吃饭，吃到鱼时引起了一些话题，首先是夸朋友的妻子手段好，鱼汤好喝，鱼好吃。朋友的妻子说，她本来是想买一种什么鱼，会更好吃，但是因为形象凶恶，就没有买。于是就说起了放生的话，无论如何，吃鱼的人总是远多于放生的人，而且即使是放生的人，难道他就从此不吃鱼了吗？还是照样吃。就觉得放生实在是人类最不靠谱的事之一，就好像一个醉鬼，每年拿出几个小时反省戒酒，过后又大喝特喝不已。又说到一些残忍的事，说有些人竟然吃活鱼。有些人竟然鱼还活着，就丢到油锅里去，然后一边翻腾着锅里的鱼，一边还和人打着电话，好像那不是一条活鱼，而是一根茄子，做这样事情的也并不一定是凶巴巴的人，很可能就是一个好看而脾性温和的女人啊。在座的人里，没有一个敢吃活鱼或者赞成吃活鱼的，这使我们大家还可以暂时坐在一起而不至于气氛紧张和怪异。又说起来谁敢拿刀宰鸡，我们中是有一个的，他说他家里宰鸡的事都是他来干。也有人连宰鸡看都不敢看，从来没自己宰过鸡，都是从店里买来吃。我说我不敢吃鸡头，把一个鸡头拿在手里，张嘴去吃，觉得这是很可怕的事，吃肉则不怕，喜欢吃鸡翅膀。我去店里买鸡，声明不要鸡头。后来鸡爪也让我看着怕，鸡爪让我想起六一儿童节的时候，孩子们挥舞着手歌舞的样子。我小时候还吃过羊眼睛牛眼睛，是一种很怪的味道，并不很好吃，那时候吃也不觉得怕，现在不吃了。一个朋友说他也不吃鸡头，肉头厚的鸡冠让他吃起来感觉不好。于是就总结说，人是可以类分的，可以分为吃素的和吃荤的，可以分成敢宰鸡的和不敢宰鸡的，可以分成敢吃活鱼的和不敢吃活鱼的，可以分成好吃牛鞭的和恶心于吃牛鞭的，等等等等。这样的类分在实践中似乎并不必要，在理论上则是很有意思的，会由此做出许多学问来。就这样东一榔头西一棒槌地说着，不知不觉间，我们就把朋友妻子做的一条大鱼吃得精光，只余了一个骨架在那里。在如此的言论中把一条鱼吃光，细想想也是一桩怪异到不可思议的事，好比我不敢像小时候那样无所用心地吃羊眼睛了一样，总有一天，谈着这样的话题，我会伸不出筷子去吃鱼的吧。人们习以为常的许多事情，在逻辑和情理上都是说不通的，好像人们也并不需要着这说通。

148

贾平凹说到他的发小刘高兴时，有这样一句话："我喜欢和他说话，他说话有细节。"——说话有细节，这就是一个小说家和别人谈话时的期待与收获。

我喜欢在旧书摊收各样资料，摊主们热衷于介绍一些有文献价值和文物价值的资料给我，比如有某个难得的公章大印啊，有某某某尤其某某某的头像或题词啊，各种各样带有历史印痕的证书证件啊，印花税票邮票布票地方粮票卫生巾票糖票自行车票啊，等等等等，我说我不搞收藏，这些东西都有价值，都有喜欢它们收藏它们的人，但不是我需要的，我需要有故事的资料，或者说我需要的资料中得有故事。摊主们听着我的话，琢磨着我话里的意思，对我的收藏方向有些轻看，好像我是走歪了，还没有回到正路子上。不过生意人一般来说又都是活络的，果然有时候他们就会推荐一些有故事的资料给我，说这一次这些资料是很合适我的，里面全是故事啊，我看看，却发现又不过是一些打架斗殴，千篇一律的，不是我所需要的那种故事。

所以对那些长期从事某个行业的人而言，他需要什么材料和信息，只有他自己知道，别人是帮不了忙的。

贾平凹说刘高兴说话有细节，他喜欢听，这话写小说的人听了会特别留意，非其中人听听也就过去了。

149

在手机上总不免笔误的时候，又笔误出两个不错的姓名来，记下来，供徐姓人一用，一是徐昂工，一是徐昂恭，都是好名字吧，费神想不一定想得出来，一个笔误就出来了。所以也想，借你的失误出来的东西，有时候胜过了你的刻意创造。创造总是在你的范围内，失误却是越出了你的范围，使可能性多起来。但失误毕竟是失误，凭失误得好结果的概率是极低的，这一点不能不有所强调。

150

最容易骄傲起来的三样生命：公羊、公鸡、孔雀。孔雀骄傲起来的时候，像一个易碎的花瓶。公羊骄傲着的时候，它的长角汗津津的。公鸡显得骄傲的一刻时，它带着几只肥嘟嘟的母鸡过着小日子，而另一只公鸡远远地无望地看着它这边而已。看如上三样生命骄傲着的样子，它们已经很满足于做自己了，即使拿当皇上来诱惑它们，好像也难以让它们动心。真是太骄傲了，觉得骄傲两个字就是活脱脱从它们那里来的。

151

这是我的小屋，椽子细黑。这是我的油灯，油从来没有满过。这是我的经卷，读这一本就够了。这是我的骨殖，在冰凉的炕上被天使围成一圈。这是我，看见的不是，看不见的就是。我也有些许娱乐，我看见湖水在远处一片白亮，看见油灯在肚子里亮着。

152

梦也推荐了一首余秀华的诗给我，并提醒我看一下，说他觉得余秀华的这首诗不错。梦也是诗人，对诗有独到的观点和感受，我一直把他作为一个学习诗和交流诗的重要对象，但是读了梦也兄推荐的这首余秀华的诗，我却没有多少共鸣。读了两遍，都没有读出有特别收获的感觉来，就像我们两个去找丢失的东西，在同样的地方，我没有看到什么，梦也却俯身捡起来，他捡起来的东西他能看到，我在他手里也是看不到的。这也算文艺的怪异和魅力之一吧，就是同样的东西，在不同的眼里，呈现为全然不同的面貌和质地，一个看它是铁，一个却看它是金子，而且看它是金子的，就收获到金子，看它是铁的，收获到铁。这种审美的区别，细究起来是有很多说头的。

153

鲁迅先生的文字给我两种感觉，一是想起铁匠铺里的劳作，升腾的火光不断映黑着铁匠汗津津的身影，一是想起埋名乡野的良医正熬着救命的苦药。鲁迅先生的文字里彩色是不多的，更多是黑白两色，有时候是黑里面露出一些白，有时候是白里面露出一些黑。鲁迅先生这个人，给我的感觉，好像他是所有中国人的一个底片。

154

昨晚大风。摧枯拉朽的感觉。好像一个醉酒的莽汉胡乱踢打着这世界。往日显得结实的高楼鸟巢那样被搁在肆虐的风里。大窗户被风拍响着。声音和气势都是平日少有的。尤其在晚上，总不免一些担心，不知道会发生什么。但中年的心多少是有些容易平静了，不知道什么时候就睡了过去。一觉醒来，听到麻雀的叫声，像在报告着一切都还是原样。在窗前看着。越来越觉得需要一个大心脏陪同着缓缓跳动。想着昨夜那场大风，来去匆匆，它仅仅是路过吗？但是它大声肆虐的时候，就像它才是这世界唯一的主人。消停了。像得到急令的队伍一样，大风开拔到我们所不知道的地方去了。看到窗外灰沓沓的平静，会忍不住想，如果大风不放过我们，我们拿它有什么办法。

155

切开来才发现鱼太肥了。肥腴的肉，似乎不用吃，看看就饱了。鱼把自己吃得那么肥，吃得自己不像鱼，像一样食物。确实有些鱼肥得游不动，不用鱼饵，好像手伸到水里就能抓上来。

156

师兄马天堂发表了一篇文章，是写我们共同的老师的。老师叫陈君健，上海人，当年支边来到了西海固我的家乡。我也写过这位先生。

在我们心目中，先生就是这样的，大学问家就是这样的，君子也是这样的。这些当年从大城市前来支边的老师带给我们的变化和福利是不可言喻的。每个西海固学生都是一本账，在这个账本上，我们欠老师们的是太多了。

今天写这段文字，非为别的，是因为同着天堂兄文章的发表，也还发表了陈先生授课的一张图片，陈先生后面是黑板，黑板上是陈先生的板书，直到今天，我才有机会发现，原来陈先生的字是非常好的，因为一直喜欢书法的原因，使我可以一眼看出，陈先生随便写在黑板上的字，就是很讲究很耐看的书法，可惜当年我们看不出，就好像陈先生带了好果子给我们吃，我们却没有好好吃，完全没有吃出好果子的味道和营养来。这样的字，陈先生写满了黑板多少次啊，都被毫不珍惜地擦去了，暴殄天物，忽然想到这个不一定合适的词。

要谢谢天堂兄，使我有机会看到我曾经忽略过的好，使我看到我们在少不更事的时候曾经忽略过什么，使我有机会在这里近乎强烈地表达一下我的心情和心意。虽然我们从陈先生这样的师长身上已经学到了很多，但是宥于种种，像错过陈先生的书法一样，我们一定还错过了不少吧，这个说来是很可痛惜和嗟叹的。

157

有时候很差的手艺被很高地恭维着时，被恭维者在受用的同时，会及时表示谦虚的意思。其实这时候你不必表示谦虚，开玩笑一样笑笑就是了。这个恭维其实和你是没关系的。或者恭维者什么也不懂，或者他就是吃恭维这碗饭的。

158

好对联一副：

一苇渡江何处去？

十年面壁等人来。

159

手指上有时候不知怎么的会出现倒刺，不是什么大问题，但是会给人的生理尤其心理带来难以言说的不适。一天夜里已经睡下了，忽然觉得手让被子带痛了一下，知道是倒刺，已经是很有些睡意了，但觉得不搞掉这个倒刺会一夜睡不好，最不好的办法是把倒刺揪下来，揪过倒刺的人都知道这法子的不可用，好的办法是像剪指甲那样把它剪落。我起来寻指甲剪。马虎的人找东西是很麻烦的，好不容易寻到指甲剪，带着一种剪掉痼疾的恨意和快意剪掉倒刺，只要有指甲剪，倒刺是很容易解决的。但是问题是你不一定时时有指甲剪在手头。剪掉倒刺，就可以去了心上难以言说的麻烦，就可以睡一个踏实觉了。

160

我把鱼刺小心地吐到盘子里，一条鱼竟有这么多刺，零星着是看不到的，要是卡在喉咙里，一根也够你受的。但是已全然不要紧，这许多年下来，鱼肉吃光，鱼刺像主动缴械的武器。

161

每人一句：

老子：恍兮惚兮，其中有物。

孔子：惶惶如丧家之犬。

孟子：吾善养吾浩然之气。

刘邦：威加海内兮归故乡。

黄巢：吾花开后百花杀。

韩愈：祗辱于奴隶人之手，骈死于槽枥之间。

柳宗元：孤舟蓑笠翁，独钓寒江雪。

陆象山：宇宙即吾心。

岳飞：直捣黄龙府，与诸君痛饮耳。

苏东坡：问汝平生功业，黄州惠州儋州。

杨慎：滚滚长江东逝水，浪花淘尽英雄。

崇祯帝：吾非亡国之君，臣等皆亡国之臣。

曹雪芹：满纸荒唐言，一把辛酸泪。

鲁迅：月光如水照缁衣。

162

树倒猢狲散。这是必然的。猢狲一只也不见了。也许是已经窜到了别的树上，照旧热闹。树上的热闹千百年来也就那些。我在倒下来的树上坐着，看见无以数计的枝叶渐渐明白过来似的有所变化。尤其是树根，显得惊心动魄，好像奸臣董卓败落时的样子。

163

发生在上海的一个案子，某某听朋友讲，说谁谁死了，家人随葬了一块好玉。死者是一个有钱人。某某就在夜里打开死者的坟墓棺材，取到玉，合上棺材，又把坟墓收拾好，对着坟墓三鞠躬。这些都是他被逮到时详细交代的。

164

清大臣李侍尧敛财的一个办法是，把一个珠子卖给下属，得钱后又把这个珠子拿回来。实际是一种变相的索贿行贿。这个珠子被卖了很多次，卖给了多个人，最后还是在李侍尧这里。李侍尧出事后这事被公布了出来，乾隆震怒。乾隆派往云南查办李侍尧案的人是和珅，是一个更大的贪官，我们作为后人来看，是很有些滑稽的，但和珅当时受命往云南时，一定是一副清官的样子无疑。查出李侍尧斑斑劣行后，和珅建议将李侍尧斩监候，大学士和九卿认为应斩立决。乾隆确实很愤怒，但又觉得李侍尧是当朝不可多得的能臣，关键还是个忠臣，无论如何都是忠于自己的，比较于清官，乾隆更需要的是忠臣，于是在乾隆这里，他是不想杀李侍尧的，不想杀又不便说出来，就把李侍尧案卷给各省督抚看看，说是想听听大家意见，这是从来没有过的，事出反常，必有隐衷，皇帝的隐衷给安徽巡抚闵鹗元揣测到了，及时上了一本，说李侍尧其人，罪人一个无疑，但也是有功之人，其罪当罚，罪不至死。正说到乾隆心坎上，皇帝还主动补加了一段，记起李侍尧爷爷的功劳来，说当时祖宗艰苦创业打江山的时候，还是明朝守将的李侍尧的爷爷李永芳，主动献出了抚顺城，努尔哈赤不是因此把自己的孙女都嫁给李侍尧了吗？话说到这个程度，李侍尧的命自然就保住了。所以同样的罪行不同的人来犯，得到的惩处是完全不一样的。我特别感兴趣的是李侍尧卖珠子的事，觉得其中多有回合波澜，或许可以钩沉出一篇小说来也未可知。